아지트

이 도서의 국립중앙도서관 출판시도서목록(CIP)은
e-CIP홈페이지(http://www.nl.go.kr/ecip)와
국가자료공동목록시스템(http://www.nl.go.kr/
kolisnet)에서 이용하실 수 있습니다.
(CIP제어번호:CIP2012001434)

담쟁이
문고

아지트

주원규 지음

실천문학사

차례

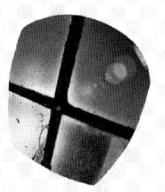

귀국

"잘 있었어? 우리 아들."

"응."

"어떻게 잘 있었는데?"

"그냥. 여기 있는 것처럼."

"엄마 생각 많이 안 났어?"

"엄마."

"말해, 아들."

"엄마가 하루도 빼놓지 않고 아침저녁으로 두 번씩 전화했잖아."

"그야 아들이 보고 싶으니까 그렇지."

김성혜는 운전 실력이 뛰어났다. 앞뒤 좌우 도저히 진행이 어려울 것처럼 보이는 꽉 막힌 서울 도심지를 곡예 부리듯 빠져나가는 걸 지켜보는 건 민우에게 언제나 흥미로운 일 중 하나였다. 뒷좌석에 앉아 심드렁한 표정을 하고 있어도 민우의 흥미는 여전했다. 매일 볼 때도 곡에 운전이 흥미로웠는데, 자그마치 6개월 만에 엄마의 운전 실력을 다시 보게 되니 시간이 멈춘 것만 같았다.

6개월은 짧은 시간이 아니었다. 민우는 한국에 다시 돌아오면 많은 게 달라질 거라 생각했다. 그런데 엄마가 운전하는 모습을 보고 있자니 모든 게 그대로라는 생각이 들어 머릿속이 어지러웠다. 물론 달라진 게 없는 현실, 변하지 않은 상황이 언제나 나쁜 것만은 아니다. 사람들은 변화를 두려워하는 법이니까. 하지만 민우는 변화를 간절히 바랐다. 다시 돌아오면 적어도 6개월 전의 일이 희미한 기억으로만 남아 있길 바라고 또 바랐다. 그런데, 공항에 마중 나온 성혜를 보는 순간부터 민우의 기대는 물거품이 되어버렸다. 6개월 전에도 그랬고 앞으로도 그럴 것이 분명한 하나뿐인 엄마의 환한 미소, 그 미소를 보며 좌절해야 하다니. 하지만 그것이 사실이었다.

서초동으로 향하는 강변북로 위. 집에 거의 도착할 즈음 예상했던 대로 차가 막혔다. 오후 4시의 교통 체증은 차 안의 탑승객에게 별다른 화제를 찾지 못하게 하는 묘한 힘이 있었다. 교통 체증으로 꽉 막혀 정차 중인 성혜가 룸미러를 통해 뒷좌석에 앉은 민우를 바라보며 말을 건넸다.

"서류는 준비 다 됐어. 내가 직접 접수해도 되지만 아들이 직접 하는 게 더 좋을 것 같아서."

미국 어학연수를 마치고 돌아온 아들과 엄마의 환영 인사가 끝나고 난 뒤 나온 말은 예상대로 민우의 얼굴을 저절로 찡그리게 만들었다.

"무슨 서류?"

"아들, 설마 몰라서 묻는 건 아니지?"

해맑은 미소를 지은 성혜의 얼굴이 룸미러를 통해 민우의 눈에 아프게 박혀왔다. 엄마는 고등학생을 아들로 둔 여자라고 하기엔 지나칠 정도로 동안인 데다 보기 드문 미인이었다. '아들'을 부르는 성혜의 목소리는 마치 남자 친구를 부르는 음성처럼 부드럽고 다정했다. 그렇지만 민우를 짓누르는, 민우로 하여금 어떤 생각도 할 수 없도록 만드는 압력이 있었다. 설명하기 힘든 힘이었다. 민우는 그 힘 앞에 다시 한 번 고개를 숙여야 했다. 뒷좌석에서 고개를 떨어뜨린 민우가 풀 죽은 소리로 말했다.

"나 이번에 꼭 시험 봐야 해?"

"아들, 다른 시험도 아니고 검정고시야. 대입 검정고시."

"……."

"이번에 붙어놔야 또래 친구들하고 같은 시기에 수능을 볼 수 있어."

"좀 쉬고 싶은데."

"아들!"

"미안해요. 그만 말할게."

"그래. 우리 아들."

"미안해요."

민우가 '미안하다'는 말을 정확히 두 번 반복한 후에야 성혜는 말을 멈췄다. 여전히 부드러운 목소리이지만 분명 떨리고 있었다. 갑작스럽게 핸들을 꺾을 때 흔들리는 엄마의 두 손을 민우는 약간 겁에 질린 눈으로 바라봐야 했다.

'엄마는 지금 흥분했어. 어쩌면 6개월 전의 그 일을 겪은 후 계속 흥분해 있는지도 몰라.'

민우는 자신을 납득시킬 말을 애써 만들었다.

'세상의 모든 부모, 자녀 교육에 인생 전부를 투자하는 한국의 어머니들에게 나의 일탈행동은 분명 감당하기 어려운 절망일 거야. 우리 엄마는 더 특별하니까. 아버지 없이 혼자 아이를 키우며 남부럽지 않은 자식으로 키우려는 그런 엄마니까 절망이 더 클 거야. 그러니까 이젠 잠자코 있어야 해. 정말 그래야 한다고.'

민우는 마음속으로 새기듯 말하며 6개월 만의 엄마와의 만남을 맞이해야 했다. 자신의 인생 모두를 아들에게 쏟아붓는 엄마와 다투고 싶지 않았다. 정말이지 그러고 싶지 않았다.

"커피 마시고 싶어. 저 골목에서 차 좀 세워줘."

"커피?"

서초동, 빌라 타운 입구에 들어서자 민우가 말했다. 타운 형태로 되어 있는 빌라 안으로 들어가면 더 이상 편의점이 없다는 걸 민우는 잘 알고 있었다. 6개월이 지났다고 그새 없던 편의점이 새로 생기진 않았을 테니까.

"집에 가서 엄마가 맛있게 타줄게. 조금만 참아."

"오랜만에 캔 커피 마시고 싶어 그래."

"그래? 하긴 미국에서 아메리카노 지겹게 마셨을 텐데. 내가 사올까. 아들?"

"아니. 내가 갖다올게."

"돈 있어?"

"응. 환전한 만 원짜리 한 장."

차에서 내린 민우는 잠시 동안이지만 어지러움을 느꼈다. 빌라 타운 입구 인도가 붉은 벽돌로 새롭게 단장되어 있었다. 발을 딛고 선 순간 현기증을 느낄 만큼 어지러웠다. 어지러움을 잊기 위해, 그런 모습을 엄마에게 들키지 않기 위해 민우는 서둘러 편의점 안으로 들어갔다. 여닫이문 손잡이를 밀어 편의점 안으로 들어가자 은은한 벨소리가 들렸고, 카운터에 있는 여자가 "어서 오세요." 하고 인사했다.

민우는 온장고에서 캔 커피 하나를 꺼내 카운터로 가져갔다. 카운터의 여자는 고개를 들지 않은 채 캔 커피에 바코드 기계를 갖다댔다. 편의점 브랜드 마크가 선명하게 새겨진 붉은색 모자와 붉은색 셔츠가 시선을 사로잡았다. 순간 견딜 수 없을 정도로 현기증이 밀려들어 자기도 모르게 카운터에 몸을 기댔다. 식은땀이 흘렀다.

"내 얼굴에 뭐 묻었어요?"

"예?"

민우는 아르바이트 점원을 뚫어지게 보고 있는 자신을 뒤늦게 깨달았다. 민우 또래로 보이는 여자아이였다.

"얼굴에 뭐 묻었냐구요?"

"아니요."

"······."

"아, 아무것도 아니에요."

캔 커피를 손에 쥔 민우가 한 걸음 물러났다. 점원은 과하게 반응하는 민우의 태도에 오히려 당황했는지 몸을 돌려 물건을 정리하기 시작했다.

편의점을 나섰다. 현기증 때문에 걸음을 옮기는 게 힘겨웠다.

'내 얼굴에 뭐 묻었어?'

낯익은 목소리가 따라왔다. 하얀 피부와 크고 또렷한 눈이 눈앞에서 흔들렸다. 배시시 웃는 얼굴이었다. 식은땀 때문인지 찬 기운과 함께 소름이 돋았다.

"아들, 왜 이렇게 오래 걸렸어?"

엄마가 차문을 열어주며 미소 짓고 있었다. '아들'이란 호칭을 자연스럽게 입에 단 엄마를 보는 순간 자신의 시간은 6개월 전 그곳에 완강하게 멈춰 있음을 인정해야 했다. 변한 것은 없었다.

*
*

그녀도 붉은 모자와 붉은 티셔츠 차림으로 편의점 카운터를 지키고 있었다. 그녀도 민우에게 물었다. '내 얼굴에 뭐 묻었어?' 당돌하지만 결코 밉지 않은 새치름한 표정으로 그렇게 말을 걸었다.

"민우 맞지? 김민우."

민우는 깜짝 놀라 고개를 들었다. 최대한 나이 들어 보이려고 사복 차림에 평소에 안 쓰던 뿔테 안경까지 눌러 썼는데. 순간 가슴이 덜컥 내려앉았다. 카운터 위에 올려놓았던 담배를 다시 손에 쥐었다. 그 순간 카운터의 그녀가 민우의 손 위에 자신의 손을 포개 얹었다. 의도적인 건 아니었지만 그녀의 손길이 민우를 또 한 번 놀라게 했다. 그제야 그녀의 얼굴을 정면으로 마주볼 수 있었다.

편의점은 동작동 재건축 예정구역 앞 입구에 있었다. 거의 모든 상가 건물과 단독주택의 문과 벽면에 철거확정, 공매 등등의 낙서가 붉은색 스프레이로 칠해져 있었다. 그곳에는 주변과 전혀 어울리지 않게 크고 세련된 인테리어의 신축 건물이 있었는데 그 1층이 편의점이었다.

방배동과 서초동 근처 학교에 다니는 고등학생들이 지하철로 20분, 버스로 30분, 도보로는 어림잡아 한 시간 정도 발에 땀나게 걸어야 도착할 수 있는 이곳 편의점을 자주 찾는 이유는 단 하나였다. 이곳 편의점 사장 방침이 매출 극대화에 있다는 입소문 때문이었다. 편의점 사장의 매출 극대화 방안의 선두엔 담배, 주류 구입의 자유를 암암리에 허락하는 숨은 의지가 있었다. 이곳만 찾으면 별도의 신분증 검사를 하지 않아도 미성년자가 담배와 술을 살 수 있도록 사장이 아르바이트 점원들에게 노골적으로 압력을 가한다는 소문이 퍼지자 흡연을 시작한, 흔히 말해 근처에서 잘나간다는 아이들이 너나 할 것 없이 연고도 없는 이곳을 찾기 시작한 것이다.

그녀가 처음 자신의 이름을 불렀을 때, 민우는 더 이상 이 편의점에서 담배 사는 게 어렵겠다는 생각에 좌절감을 느꼈다. 그렇지만 카운터 안에 서 있는 그녀, 편의점 유니폼인 붉은 모자에 붉은 티셔츠 차림의 그녀가 민우를 부른 건 적발하기 위한 목적이 아니었다. 그녀는 자신을 물끄러미 쳐다보는 민우에게 웃는 것도, 화난 것도 아닌 애매한 표정으로 물었다.

"내 얼굴에 뭐 묻었어……."

"어? 아니. 그게 아니라."

"어떻게 날 아냐고?"

"어, 맞아."

"대명고등학교 에이 클럽 김민우 맞지? 나 너 본 적 있어."

"내 친구가 에이 클럽이지. 난 에이 클럽이 아니야."

"그게 그거잖아."

"날 봤다고?"

"너 태민이 알지? 윤태민."

"대충."

그녀는 민우의 답이 끝나기 무섭게 새끼손가락을 펼쳐 보이
며 말했다.

"윤태민 이거가 내 친구야. 유리. 정유리."

또박또박 부러질 것 같은 분명한 말투가 인상적이었다.

"그렇구나."

"내 이름은 알고 싶지 않아?"

"응?"

"말귀 못 알아들어? 내 이름 말이야."

"……."

"미혜야, 김미혜. 너무 흔하지?"

원래 이런 걸까. 아님 나한테만 이런 걸까. 마치 오래전부터 만나온 동성 친구를 대하듯 거침없이 말을 이어가는 미혜를 보며 생각했다. 새로 들어온 손님 때문에 이야기는 거기서 끊겼다. 민우는 아쉬운 기분이었다. 뭔지는 몰라도 다른 이야기를 더 나누고 싶어 미적거렸지만 기회가 나지 않았다. 늦은 시간인데도 편의점엔 손님이 끊이지 않았다. 주로 담배나 컵라면 따위를 사기 위해 오는 사람들이었다.

민우는 엉겁결에 편의점 밖으로 나왔다. 제법 큰 규모라 그런지 문 앞에 두 개의 파라솔과 의자가 눈에 뜨였다. 민우는 잠자코 의자에 앉아 담배에 불을 붙였다. 교복자율화에 두발자율화까지. 대명고등학교 학생들은 다른 학교에 비해 모든 것이 자유로웠다. 게다가 이렇게 밤늦은 시간, 배기량 125cc가 넘는 신형 바이크까지 몰고 나온 민우를 자세히 보지 않으면 누구도 고등학생으로 보기 힘들 것이다.

첫 만남

담배 하나만 사서 집에 들어갈 참이었다. 담배를 사는 일은 저녁 10시, 학원 수업을 끝내고 나면 으레 하던 민우의 습관 중 하나였다. 미혜가 말한 에이 클럽 악동들은 10시 이후에 본격적으로 활동을 시작했다. 바이크를 타긴 하지만 민우는 그들과 어울리지 않았다. 엄마 성혜가 유별나게 굴어 그런 것 같지만 사실은 그 반대다. 오히려 유별나지 않게 자신을 대하려고 애쓰는 홀어머니 마음이 지레 막중한 부담으로 작용한 탓이 훨씬 컸다. 반대 한마디 없이 아들에게 바이크를 사주는 부모가 몇이나 될까. 때문에 민우는 엄격하게 정해진 규칙처럼 자정을 넘기지 않고 빌라 타운, 자신의 집으로 돌아가곤 했다.

그런데 그날은 이상했다. 파라솔 의자에 앉아 담배를 피우는 민우의 시선은 편의점 안에 고정되어 있었다. 더 정확히 말해 카운터에 서 있는 미혜를 보고 있었다.

'저 아인 나를 어디서 봤을까. 어떻게 모르는 사람 이름을 스스럼없이 부를 수 있지?'

민우는 매사에 조심스럽고 심하게 말하면 약간 주눅이 들어 있는 자신과는 반대로 거침없이 하고 싶은 말을 하는 미혜가 신기했다.

"날 기다린 거야?"

꽁초를 눌러 끄고 엄마가 보낸 문자 메시지를 확인하는 순간이었다. 내내 미혜를 보고 있던 민우가 잠시 한눈판 사이 편의점 밖으로 그녀가 나와 말을 건넸다. 밖으로 나온 미혜는 빈손이 아니었다. 손에 쥐고 있던 캔 커피를 민우에게 건넸다. 캔 커피를 받아든 민우가 물끄러미 미혜를 쳐다보았다. 그러다 반사적으로 주머니에서 개봉한 담배를 꺼내 보였다.

"피울래?"

"아니, 담배 같은 거 안 키워."

"그렇구나."

"대답해. 나 기다린 거냐고."

"아니. 그게 아니고……."

"단지 담배만 피우려고 한 시간째 여기서 이러고 있었다는 거야? 그걸 믿으라고?"

벌써 한 시간이나 지나다니. 민우는 시간을 까마득히 잊고

22

있었다. 그제야 평소 아들 신경을 거슬릴 게 마음 쓰여 문자 발송을 좀처럼 하지 않던 엄마가 벌써 네 통째 문자를 보낸 이유를 짐작할 수 있었다. 휴대폰 액정 버튼을 누른 민우가 시간을 확인했다. 벌써 자정이었다.

"30분만 더 기다려줄래? 원래는 새벽 1시에 교대하는 타임인데, 오늘은 교대하는 오빠가 30분 일찍 온다고 했거든."

"너무 늦었는데."

"에이 클럽 멤버가 뭐 이렇게 소심해."

"나 에이 클럽 아니라고 했거든."

"에이 클럽이든 아니든 기다려줄 수 있지? 나 집에 좀 데려다 줘."

"집이 어딘데?"

"저기."

미혜가 손으로 편의점 반대편 골목을 가리켰다. '축 동작동 재건축위원회 발촉'이란 문구가 적힌 커다란 플래카드가 입구에 걸려 있는 골목, 어둠뿐인 가파른 오르막, 가로등 하나 켜져 있지 않은 그곳. 저기에 사람이 산다고? 민우는 한 번도 그런 생각을 해본 적이 없었다.

또 다른 손님이 편의점 문을 열고 들어갔다. 서둘러 자리에서 일어선 미혜가 그대로 들어가려다 말고 민우의 어깨를 두 번 가볍게 토닥였다. 그리곤 배시시 웃어 보이며 말했다.

"기다려 줄 거지? 믿는다."

그 말 한마디에 민우는 30분을 더 기다려야 했다. 엄마에겐 학원에서 자습 좀 하고 들어가겠다는 거짓말까지 하면서.

'처음 보는 아이인데……'

이런 생각이 기다리는 30분 내내 민우를 망설이게 했지만 결국 기다렸다. 결과가 중요한 것이다. 결과는 거짓말을 하지 않는다. 민우의 그때 감정이 그랬던 것이다. 처음 본, 하지만 계속 쳐다볼 수밖에 없는 미혜에 대한 감정이.

*

골목은 끝없는 미로처럼 이어졌다. 바이크 시동을 걸고 엑셀 레버를 당기면 당길수록 더 깊은 늪 속으로 빠지는 것 같다는 느낌이 민우의 등골을 서늘하게 휩쓸고 내려갔다. 만약 뒤에서 자신의 허리를 두 손으로 붙잡고 '좌측으로', '우측으로', '직진해' 라고 말하는 인간 내비게이션이 없었다면 이곳에 들어올 엄두를 내지 못했을 것이다. 그만큼 한밤의 동작동 재건축 예정구역은 철저한 슬럼가였다.

미혜를 뒤에 태우고 재건축 예정구역의 가파른 오르막을 넘어온 민우는 그녀가 마지막으로 가리킨 언덕 위 다세대주택 건물 앞에 멈춰 섰다. 이미 철거가 진행된 단독주택들과 단층

빌라 건물들과 비교하면 한 가지 분명한 차이점이 있었다. 건물 안에 희미하지만 불빛이 남아 있다는 것이다.

3층짜리 다세대주택을 손으로 가리킨 것을 끝으로 미혜는 더 이상 말하지 않았다. 주택 앞에 멈춰선 민우가 누가 시킨 것도 아닌데 바이크 시동을 끄고 그 자리에 멈춰 섰다. 그런 민우에게 허리를 잡고 있던 두 손을 풀며 다음과 같이 말했다. 속삭이듯.

"생각보다 오토바이 잘 타네. 수고했어."

"그런데 너……."

"말해."

"여기가 집이야?"

"정확히 말하면 지하 1층, B01호가 우리 집인데, 지금은 건물 전체를 내 집처럼 쓰고 있어."

"몰랐어."

"뭐가?"

"이곳에 아직 사람이 살고 있다는 거 말이야."

"감상적인 말 집어치우고 얼른 들어와."

감상적인 말이라고 미혜가 말했지만, 솔직히 민우에게 재건축 예정구역, 철거예정구역이라는 말은 텔레비전 뉴스 화면, 또는 영어 에세이 공부를 위해 참고자료로 활용하던 신문 논설에서 접한 게 전부였다.

"응?"

"여기까지 왔는데 그냥 갈 거야? 라면 끓여줄게. 먹고 가."

"됐어. 나 집에 가야 돼."

"벌써 늦었잖아. 엄마한테 뭐라고 했어? 학원에 남아 공부하고 늦게 간다고 했잖아. 그럼 컵라면이라도 먹고 가야 의심을 안 하시지. 안 그래?"

"아무리 그래도……."

"너, 나 무서워?"

"무슨 그런."

"그런 거 아님 들어와. 할 말도 있구."

"누구? 나?"

"그럼 여기 너 말고 누가 있어."

미혜가 먼저 앞장서서 대문 계단으로 들어갔다. 민우는 무언가에 홀린 기분이 내내 가시지 않았다. 막막했지만 너무나 자연스러운 미혜의 행동에 오히려 안심이 되기도 했다. 무슨 이유일까. 이런 식으로 느끼는 아늑함이란. 그래도 어둠뿐인 계단을 하나씩 밟아 3층까지 올라가는 일은 쉽지 않았다.

"아무도 없어?"

"엄마 아빠 말이야?"

"이를테면……."

"둘 다 사라졌어."

"도대체 무슨 말인지."

"말 그대로야. 엄마는 5년 전, 아빠 1년 전이야. 양말하고 속옷 만드는 공장을 운영했었는데 부도났어. 아빠는 부도난 거 수습하면 돌아온다고 했어. 그래서 기다리는 거야."

"기다린다고?"

"미련하지만 어쩔 수 없어. 너라면 어쩔 거야? 너네 엄마가 집 나갔다고 너도 집 나갈 거야?"

거실 한구석에 충전용 배터리 두 개가 설치되어 희미하게나마 실내를 밝혔다. 거실 바로 옆에 주방이 있었는데, 미혜는 약속한 대로 민우에게 라면을 끓여주려고 냄비에 물을 끓이기 시작했다. 물론 휴대용 가스렌지를 사용했다. 도시가스는 끊어진 지 오래된 것 같았다. 라면 냄새는 어디서 끓이든 같은 것 같았다. 라면을 끓인 미혜가 뜨거운 냄비를 맨손으로 집어 들고는 거실로 돌아왔다. 거실에서 가장 밝은 곳에 오래된 잡지를 받침대 삼아 냄비를 올려놓은 미혜가 나무젓가락 하나를 민우에게 건네주었다.

"김치는 없어. 하지만 맛은 괜찮을 거야. 나, 라면 하나는 잘 끓이거든."

"밤에 다니기 힘들겠는데……."

"아까 말한 태민이 여친 유리 알지?"

"아는 건 아니야. 한 시간 전에 들었잖아."

"유리가 여기 자주 찾아와. 성식이도, 그리고 다른 아이들, 그러니까 에이 클럽 애들 말이야."

"그 애들이 여길 온다고?"

"그렇지."

"왜?"

"밤에 바이크 몰고 강남이나 홍대 같은 데서 논 다음에 이곳에도 놀다가고그래."

"너, 에이 클럽 애들하고 친하고 싶어?"

"아니."

"그런데, 왜……?"

"외롭잖아."

"……."

"할아버지처럼."

미혜의 턱짓을 따라 현관 쪽으로 고개를 돌린 순간, 민우는 너무 놀라 젓가락을 떨어뜨리고 말았다. 열린 문가에 무언가 시커먼 것이 서 있었다. 사람이었다. 너무 놀란 민우가 그만 자리에서 벌떡 일어섰다. 미혜가 당황한 민우를 귀엽다는 듯 올려다보았다.

현관 앞에 서 있는 남자는 백발에 가까운 머리에 주름진 이마, 유난히 시커먼 얼굴에 남루한 행색이었다. 나쁘게 보면 거리의 노숙자처럼 보였다. 체구는 작지 않았다. 180센티미터 가까이 되는 민우와 거의 비슷할 정도로 키가 컸고, 마른 편도 아니었다.

할아버지는 한동안 민우를 쳐다보기만 했으며, 문가에 서 있을 뿐이었다. '너 누구냐?'라든가, 고약한 성품을 가진 할아버지들의 호통도 없었다. 민우는 그런 할아버지에게 큰 소리로 인사를 한 다음 미혜를 바라봤다.

"여기 사시는 할아버지야."

미혜는 라면을 먹으며 무심하게 말했다.

"여긴 너희 집이라고 했잖아?"

"우리 집은 B01호라고 말했을 텐데. 여긴 3층이고."

"그럼 왜 여기에 와서 있는 건대?"

"너 같으면 전기, 가스 다 끊긴 건물에서 따로 살고 싶니?"

"……."

"할아버지도 나처럼 가족을 기다려."

"말을 원래 못 하셔?"

엉거주춤 다시 거실 바닥에 앉은 민우가 작은 목소리로 물었다. 미혜는 어느새 라면의 절반 정도를 먹어 없애는 중이었다. '어지간히 배고픈 모양인가 보다'라고 민우는 생각했다. 미혜는 라면을 입에 반쯤 집어넣고는 오물거리며 말을 이었다.

"나도 몰라. 지금까지 할아버지가 말하는 거 한 번도 들어

보진 못했어."

"가족을 기다리고 있다는 건 어떻게 알아?"

"너도 참. 그런 건 꼭 말을 들어야 아는 게 아니야."

말할 때마다 그녀의 보조개가 움푹 들어갔다.

민우는 이 낯선 상황이 마냥 신기하기만 한 건 아니었다. 문득 민우는 미혜가 자신에게 퉁명스럽고 거침없이 말하는 것 같지만 어딘가 모르게 다정함이 배어 있다고 느꼈다. 민우는 알 수 없는 아늑함을 느끼고 있었다. 생각나는 대로 말하는 미혜의 말들은 오랜 시간 동안 다정하고 사려 깊은 말투로 연인을 대하듯 얘기하는 엄마 성혜의 말투와 많이 달랐다. 그 다름이 어째서 이 순간 아늑함과 편안함으로만 다가오는지 민우는 알 수 없었다.

미혜가 말하는 사이 할아버지가 슬그머니 현관 밖으로 빠져 나갔다. 터덜터덜 계단을 밟고 내려가는 소리가 여진이 되어 민우의 귓가에서 오랫동안 떠나지 않고 남아 있었다.

＊
＊

라면을 먹은 민우는 자리에서 일어나 창가에 기대고 서서 담배를 입에 물었다. 고등학생이 담배를 배우게 되는 이러저러한 전형적인 이유와 민우가 담배를 배우게 된 이유는 성격이 달랐다.

　대명고등학교에서 민우는 모범생도, 착실한 학생 축에 끼지도 않았다. 대명고등학교에서 문제아, 관심 학생으로 꼽히는 친구들은 일진회 같은 서클로 알려져 있는 에이 클럽 소속이될 수 없었다. 에이 클럽은 선생님들에게 있어선 일종의 치외법권 같은 모임이었다. 에이 클럽은 흔히 말하는 선도가 필요한 행동, 이를테면 술집이나 노래방에 가서 담배 피우고 술 마시거나, 한밤중에 바이크 타고 다니며 성년인 것처럼 속여 이태원 클럽 곳곳을 배회하는 일탈 행위를 일삼지만 성적만큼은 상위권을 유지하는 배경 좋은 집안의 엄친아들로 꾸려진 서클이었다. 그래서일까. 학교에선 문제만 되지 않는다면 허용해주자는 식의 태도로 에이 클럽의 탈선을 적당히 지켜만 보고있었다.

　민우는 에이 클럽의 멤버도, 평범한 학생도 아니었다. 민우는 자신의 애매한 위치가 싫었다. 단지 그런 이유로 담배를 배우고 바이크를 몰고 다니는 거라고 말하면 설득력이 낮게 들리겠지만 그래도 그게 사실이었다.

　담배를 거의 다 피울 때였다.

　"너 사진 찍지?"

　민우가 고개를 돌려 쳐다보니 그녀는 랜턴 불빛 아래에 웅크리고 앉아 책을 보고 있었다. 책에서 눈을 떼지 않은 채여서 검은 머리카락에 노란 불빛이 반사되고 있었다.

"사진?"

미혜는 자신이 보고 있는 책 표지를 민우가 볼 수 있도록 들어 올렸다. 대명고등학교 사진동아리 작품집. 강남권 학부모들의 극성과 예능특기자전형에 한 점의 가산점이라도 더 받기 위한 눈물겨운 노력의 일환으로 제작한 사진첩이었다.

"사진 동아리 그만둔 지 오래됐어. 그건 어디서 구한 거야?"

"작년에 너희 학교 축제 때 받은 거야. 그런데 희한하게 김민우, 네가 찍은 사진만 보이더라. 신기했어."

"뭐가?"

"네가 찍은 사진들 말이야. 기억 안 나?"

민우는 사진첩에 올린 사진들을 애써 떠올렸다.

"혹시, 옥탑방 난간에 걸터앉은 아이 말하는 거야?"

"맞아, 그 사진."

이마에서 진땀이 흐를 정도로 민우는 쑥스러움을 느꼈다. 급하게 사진집을 만들어야 한다며 작품 출품을 재촉하던 사진창작모임 회장의 성화에 못 이겨 생각나는 대로 촬영했던 사진 속 장면이 떠올랐기 때문이었다. 사진을 찍기 위해 일부러 그런 곳을 찾아다니진 않았다. 우연히 서울 변두리인 공항동 근처에 철거예정구역을 가게 된 민우는 철거를 앞둔 옥탑방 난간에서 뛰어놀던 열 살 남짓한 어린아이들의 모습을 촬영했다. 아이들 허락도 받지 않고 사진첩에 수록한 부끄러운 사진 장면들이었다.

"뭐가 신기하다는 거야?"

다시 책을 보고 있는 미혜에게 물었다.

"다른 사진들하고 확실한 차이가 있어서 신기했지."

미혜는 책에서 눈을 떼지 않은 채로 말했다.

"무슨 차이?"

미혜가 고개를 들었다.

"다른 사진들은 명산, 도시, 빌딩, 아이돌, 죄다 지루하고 따분한 것들이었는데, 네가 찍은 아이 말이야. 나랑 닮기도 했구…… 그래서 만나고 싶었어."

"너랑 닮았다구?"

미혜가 사진첩에서 민우가 찍은 사진을 보여주었다. 늘어진 반팔 차림에 허름한 슬리퍼를 신고서 옥탑방 난간에 서 있는 아이의 표정을 한동안 바라보다 민우가 말했다.

"슬퍼 보이는데."

사진을 찍을 때는 미처 알아차리지 못했었다. 자신이 찍은 사진이 낯설게 느껴졌다. 내가 정말 이 사진을 찍었을까.

"이 아이도 외로워서 슬퍼 보이는 거야."

"그걸 어떻게 알아?"

"이런 눈빛이 외롭다는 거…… 그런 건 그냥 느낌으로 아는 거야."

"느낌……?"

"너도 외롭지?"

"응?"

"너도 조금은, 아주 조금은 외로움을 아는 것 같아. 그래서 이런 사진만 찍는 거 아니야?"

'정말 그런가? 정말 난 외로운가.'

민우는 자신을 진지하게 바라보는 미혜의 눈이 유난히 크고 맑다고 생각했다.

"민우야."

"말해."

"나, 사진 찍는 법 가르쳐줘."

"사진기 있어?"

"사진기?"

"캐논? 아님 미놀타? 올림푸스도 그런대로 괜찮은데."

"아니 없어. 하지만 휴대폰은 있어."

"아이폰이야?"

"……"

"전문가 사진 아니면 아이폰도 쓸 만해."

민우의 말에 미혜는 조금 기죽은 듯 보였지만 곧 씩씩하게 말했다.

"그것도 아니지만……. 그래도 좋은 장면들, 내가 기억하고 싶은 장면들을 담고 싶어. 그럴 수 있잖아."

"난 잘 몰라. 그리고 그런 건 학교나 학원 가면 배울 수 있어. 한 달 정도면 충분할걸."

"나, 학원 안 다녀."

"그럼 학교에서……."

"학교는 더더욱 안 다녀. 다니고 싶지도 않고."

"……."

"학교 안 다니면 사진 찍는 거 못 배워? 그런 거 아니잖아. 민우 네가 가르쳐주면 되잖아."

"글쎄……."

"싫어?"

'글쎄'라는 말은 민우의 입에 습관처럼 붙어 있는 단어 중 하나였다. 뭔가를 결단하지 못하고 망설이는 습관. 사진을 찍는다는 거, 내가 아닌 다른 이들, 다른 세계를 찍는 건 자신처럼 '글쎄'를 입에 달고 다니는 우유부단한 아이들이 즐겨 찾는 취미가 아닌가. 그런 생각 때문이었을까. 민우는 사진을 같이 촬영하자는 답도, 그럴 수 없다는 말도 하지 않았다.

그런 민우가 뭔가 말하려 할 때였다. 창밖에서 한차례 요란한 바이크 엔진 소리가 들렸다. 창밖을 바라봤다. 서너 대의 바이크가 미혜의 다세대주택 앞에 멈춰 섰다. 곧이어 와자지껄한 소리와 함께 남자아이 세 명과 여자아이 두 명이 바이크에서 내렸다. 그러더니 익숙한 발걸음으로 다세대주택으로 들어왔다. 계단을 올라오는 소리가 요란하게 들렸다.

"누구야?"

"말했잖아. 네 친구들. 그리고 내 친구 유리."

"내 친구들?"

"그건 중요한 게 아니고. 아직 대답 안 했어."

"뭘?"

"사진 촬영 말이야. 가르쳐줄 거야. 말 거야."

"……."

"가르쳐줄 거지?"

미혜가 맑은 미소를 머금었다. 그러나 그에 대한 답을 할 기회를 놓쳤다. 시끌벅적하게 떠들며 현관으로 들어선 아이들이 민우를 발견하곤 한마디씩 했기 때문이었다. 정확히 말하면 그들은 민우의 절친한 친구 사이는 아니었다. 성식과 태민, 그리고 형우. 그럴듯한 부모들의 배경 탓에 적당한 탈선에 대해선 학교로부터 면죄부를 받아온 에이 클럽 멤버들. 그들은 민우와 같은 반, 같은 모임도 아니지만 민우를 알아보았다. 민우가 에이 클럽 짱으로 불리는 녀석과 친구 사이였기 때문이다. 그 친구, 선빈이 마지막으로 현관에 모습을 드러냈다. 헬멧을 벗어 바닥에 내던지던 선빈이 민우를 보며 쓴웃음을 지어 보였다.

"네가 여기 웬일이냐? 그렇게 끼라고 해도 계집애처럼 내빼더니."

"그렇게 됐어."

"웃기는 새끼네."

"미안해."

"뭐가 미안한데?"

"……."

저녁 식사

박영효 회장도, 그의 모습을 빼닮은 외아들 선빈도 식사에만 열중했다. 10분, 20분, 결코 짧다고 볼 수 없는 시간 동안 둘은 약속이라도 한 것처럼 침묵 속에서 포크와 스푼을 손에 집어 들었다 내려놓기를 반복하며 오직 먹기에만 몰두했다.

박영효 회장 가족은 가끔 자택에서 가족 식사를 했다. 출장 요리사를 불러 코스 요리를 즐기는 것은 평소 자신을 실용주의자라고 생각하는 박영효 회장의 아이디어였다. 번거롭게 호텔 같은 곳에 갈 필요 없이 자신의 홈그라운드에서 편하게 식사를 즐기며 담소를 나누는 게 얼마나 훈훈한 모습이냐고 말하던 그였다. 그러나 정작 화기애애해야 할 가족 식사 자리에서 박영효는 별다른 말을 하지 않았다. 가족의 안부나 일상의 소소한 이야기를 말하는 것도 그나마 6개월 전 일이었다.

그들의 가족 식사에는 특별한 일이 없는 한 항상 김성혜와 그녀의 하나뿐인 아들 민우가 함께했다. 박영효 회장의 사업 초기부터 그를 모시던 충실한 부하 직원이 바로 민우의 아버지였다. 김정민 부장. 민우는 오래전에 사우디 공사현장에서 사고로 목숨을 잃은 아버지의 이름을 가끔 잊어버렸다. 아무도 아버지 이름을 제대로 말하지 않았다. 특히 이곳 박영효 회장, 선빈 아버지의 집에서는 '김 부장'일 뿐이었다.

　남편을 잃은 김성혜는 지금까지 홀로 외아들 민우를 키워왔다. 평소 박영효 회장은 회사를 위해 희생한 부하 직원의 가족을 자신의 친가족처럼 생각한다고 떠들었다. 대내외적으로 보여주는 상징적 배려가 한 달에 한 번 있는 가족 식사에 김성혜와 민우를 초대하는 것이었다.

　보수가 불안정한 보험설계사 일을 하고 있는 김성혜가 서초동 빌라 타운에 거주할 수 있도록 배려해준 것도 박영효 회장이었다. 어디 그뿐인가. 민우 교육에도 발 벗고 나서줬다. 민우와 선빈은 같은 초등학교, 중학교, 고등학교에 다녔다. 중학교 때부터 선빈과 함께 일류급 과외를 받았고, 특급에 속하는 엘리트 학원에 같이 다닌 것도 모두 박영효 회장의 배려가 있기에 가능한 일이었다.

　성혜는 항상 민우에게 자신들이 어떤 도움을 받는지, 도움을 입는 처지를 구구절절하게 말한 다음 '친구 선빈이와 사이

좋게 지내야 해'라는 말로 이야기를 끝맺곤 했다. 민우는 지금까지 그 말을 제대로 이해하지 못했다. 엄마가 말하는 '사이 좋게'는 '나한테 잘해준 사람에게 그보다 더 잘해주는 것'이 분명했다. 결국 민우에게 친구란 결코 대등한 관계일 수 없었다. 특히 선빈의 존재는 더 그랬다. 그런 관계를 친구라 할 수 있을까.

박영효 회장의 이번 가족 식사의 표면적 이유는 6개월 만에 어학연수를 마치고 돌아온 민우의 환영파티였지만 진짜 이유는 따로 있었다. 가족 식사에 박영효 회장과 그의 부인 윤양금, 아들 선빈, 그리고 성혜와 민우뿐만이 아니라 또 다른 한 명이 식탁에 동석했다. 말쑥한 정장 차림의 남자는 식사 자리에 참석한 이들 중 가장 말을 많이 했다. 법적 용어들이 수시로 등장하는 걸 보니 남자의 직업은 변호사 정도로 보였고, 남자가 보고하는 사건의 당사자는 다른 누구도 아닌 바로 선빈과 민우였다.

제일 먼저 식사를 끝낸 박영효가 와인을 물 들이켜듯 단숨에 비웠다. 그동안 성혜는 분위기가 지나치게 가라앉는 것을 염려해 선빈의 어머니 윤양금 여사에게 말끝마다 '사모님' 호칭을 붙여가며 대화를 이끌었지만 윤양금 여사는 그런 성혜의 친절이 가득 담긴 말들을 흘러 넘기듯 대수롭지 않게 받아 넘겼다. 선빈과 민우는 아무 말도 하지 않았다. 민우는 간혹 6개월 만에 만난 선빈을 쳐다보긴 했지만, 선빈은 고개를 반쯤 숙인 채 닥치는 대로 접시 위에 놓인 음식물에 포크를 꽂아 넣기만 할 뿐이었다.

"그러니까 강 변호사 쉽게 정리하자고."

박영효가 와인 잔을 내려놓으며 말했다. 식사를 시작한 후 처음으로 뱉은 말이었다.

"말씀하십시오. 회장님."

"민우나 내 아들 모두 증인 출석을 피할 순 없단 말이지?"

"물론 다른 방법들도 있지만, 지금으로선 증인으로 출석하는 게 가장 확실합니다. 그래야 더 이상 뒷말이 남지 않습니다."

"그 노인네 말이야."

"예."

"도대체 총은 어디서 난 거래? 공무원이었다며?"

"1990년대에 정년 퇴임한 걸로 아는데, 경찰이었다고 합니다. 그때 아마 자신의 직위를 이용해 총기류를 입수한 것 같습니다."

"참, 무서운 세상이야. 그렇지 여보?"

박영효가 부인 윤양금에게 말을 걸자 그제야 윤양금은 속내를 털어놓듯 변호사에게 말을 건넸다.

"그냥 우리 선빈이 법정 같은 데 안 가게 할 순 없어요? 민우 쟤가 대신 하면 되잖아요."

"그게 사모님. 그런 식으로 몰아가려고 했습니다. 그래서 민우도 6개월 정도 시간을 벌었구요. 그런데, 선빈 학생과 다른 친구들이 동작동 재건축 예정구역 사고현장을 아지트처럼 사용했다는 제보와 실제로 봤다는 목격자들이 속속 나와서 증인 출석이 불가피하게 되었습니다."

윤양금은 더 이상 말하지 않았다. 그녀도 상황은 잘 알고 있었다. 식사 시간 내내 강 변호사가 성혜에게 들려주었던 당부의 말들과 정황 설명을 귀에 못이 박히도록 들었기 때문이다.

식사를 마친 선빈이 자리에서 일어났다. 박영효가 그런 선빈을 보며 한마디 하려 했지만, 윤양금이 손을 잡고 말리는 통에 주저하고 말았다.

"저, 이제 들어가도 되죠?"

선빈이 변호사를 보며 말했다.

"그래. 어른들하고 의논한 다음에 재판 들어갈 때 증언할 내용 알려줄게. 힘들겠지만 조금만 참고 기다려라."

"힘들게 뭐 있어요. 별로 신경 안 써요."

그때, 아들에 대한 화난 감정을 가까스로 억누른 박영효가 던지듯 말했다.

"민우도 함께 데리고 들어가라. 어른들끼리 할 말이 남았어."

"그렇잖아도 그러려고요. 야! 민우."

민우는 선빈과 달리 아직 식사를 마치기 전이었다. 하지만 선빈의 눈에 민우의 남은 식사는 들어오지 않았다.

"대충 먹고 들어와. 게임이나 하자. 어제 죽이는 거 하나 설치했거든."

그 말을 끝으로 선빈은 2층 자신의 방으로 올라갔다. 민우는 결국 포크를 내려놓고 자리에서 일어나야 했다. 누구도 강요하지 않았다. 하지만 민우에게는 언제나처럼 익숙하게 반복되어 온 습관과도 같은 반응이었다.

선빈의 말대로 게임은 최신형이었다. 선빈이 손에 쥐고 조작하는 명령에 의해 화면에선 요란한 폭파 소리와 함께 현란한 전쟁 장면이 전개되었다. 3D게임이나 롤플레잉, 혹은 작전 시뮬레이션 종류 중에서도 지금 선빈이 즐기는 게임은 한 번도 보지 못한 신형 게임이 분명했다.

말은 함께 게임을 하자고 했지만, 게임에 몰두하는 건 선빈뿐이었다. 일반 중형 아파트 전체 평수에 해당하는 넓은 공간을 과시하는 선빈의 방 중심에 초대형 스크린 모니터를 앞에 두고 소파에 앉아 게임을 즐기는 선빈의 옆자리 바닥엔 조이스틱 하나가 뒹굴고 있었다. 선빈이 민우에게 게임에 참여하라고 내준 것이었지만 작동법을 가르쳐주지 않았다. 차라리 잘된 일이었다. 민우는 선빈과 함께 있고 싶지 않았다. 대신 서초동 전경이 그대로 보이는 창가에 걸터앉아 그저 물끄러미 선빈과 모니터 화면을 번갈아 바라볼 뿐이었다.

6개월 만의 만남치고는 어색하다고밖에는 말할 수 없는 상황이었다. 선빈은 민우에게 몇 마디 건네더니 그것도 귀찮아졌는지 이내 게임에만 열중했다. 별다른 대화 없이 시간이 흘렀다. 식사 자리에서 긴장하고 있어서인지 몸이 노곤했다. 눈을 감고 생각에 빠져드는 순간, 갑자기 넓은 공간을 시끄럽게 울려대던 요란한 파열음이 멎었다. 민우는 번쩍 눈을 떴다. 모니터 화면은 게임을 소개하는 정지 화면으로 변해 있었다. 선빈이 게임을 중단한 것이다. 조이스틱을 카펫 바닥에 내려놓은 선빈은 두 팔을 들어 목뒤를 붙잡고 소파 깊이 몸을 파묻었다.

"재밌었냐?"

선빈은 민우를 보지도 않은 채 물었다.

"재밌긴. 그저 그랬어."

"영어는 좀 됐지? 너 초등학교 때도 한 번 갔다 왔었잖아."

"그거 가지고 되나. 그냥 약간, 일상 대화 정도만 하는 거지."

"그거면 됐지. 네가 뭐 미국에서 변호사 할 것도 아니고."

"그건 그렇네."

"그런 거 말고. 재밌는 일 없었어?"

"재밌는 일?"

"미국에서 말이야. 너, 그거 만진 적 없어?"

"뭐?"

"총 말이야. 콜트."

"선빈아!"

"그냥 물어본 거야. 소심한 새끼. 예민하게 굴긴."

"……."

"나도 곧 한국 뜰 거다."

"어디로?"

"어디긴 어디야. 뉴욕이지."

"언제?"

"재판 끝나면."

"뭐라고 말할 거야?"

"뭘?"

"증인석에서 말이야."

"강 변호사 아저씨가 가르쳐준 그대로 말할 거야. 그럼 아
무 문제없을 거라고 그랬어."

"그건 우리가 본 대로 말하는 게 아니잖아."

"민우!"

"말해."

"너 잘 들어."

선빈이 자리에서 일어섰다. 그리곤 천천히 창가에 걸터앉
은 민우에게 다가갔다. 민우 앞에 멈춰선 선빈이 가볍게 민우

의 머리칼을 손으로 쓰다듬었다. 민우의 몸도, 선빈의 손도 함께 떨렸다. 선빈을 올려다보았다. 태연하게 아무 일 없다는 듯, 이깟 문제 정도는 아버지 회사에 있는 법무팀 변호사가 충분히 해결할 수 있다는 듯 자신만만한 표정이었지만 분명한 건 선빈도, 민우도 아직은 10대였다. 무표정한 얼굴로 모니터 속 적군과 적군들 기지를 쏴 죽일 순 있겠지만 그건 어디까지나 게임일 뿐이다. 하지만 그들이 겪었던 사건은 눈앞에서 실제로 벌어진 현실이었다. 계속해서 민우의 머리를 다정하게 쓰다듬으며 선빈이 말했다.

"그때 나한테 개기지만 않았어도 이렇게 귀찮고 성가신 일은 생기지도 않았을 거야. 그거 인정하지?"

"난 너한테 덤빈 게 아니야."

"정답만 말해. 인정해 안 해?"

"……."

"다시 묻는다. 인정해…… 인정 못 해?"

어느새 선빈은 몸을 최대로 숙이고 민우 바로 앞까지 다가섰다. 머리를 쓰다듬던 손이 민우의 목덜미를 움켜쥐기 시작했다. 강한 힘이 느껴졌다. 민우의 얼굴은 순식간에 창백해졌다. 무서웠다. 언제나처럼 자신을 짓누르는 선빈의 익숙한 협박이, 이런 상황에 대해 언제나 무력하기만 한 자신이, 그리고 그때 그곳에서의 일이.

"인정해."

"잘했어. 그렇게 대답하는 거야."

"……."

"아빠는 항상 너희 엄마 편이지만 너하고 너희 엄마…… 우리 엄마가 벼르고 있어. 그러니까 잘해줄 때 알아서 기어. 알아들어?"

"선빈아."

"말해."

"우리…… 잘하고 있는 걸까?"

"좆 같은 새끼. 영화 찍고 있네!"

"선빈아!"

"새끼야. 그게 뭐가 중요해?"

"중요하지 않다고?"

"중요한 건 이번만큼은 나한테 개기지 않겠다고 맹세하는 것뿐이야. 그렇지 않아?"

"……."

"제발 명심해라. 아빠도 더 이상은 못 봐준다고 했어."

그 말을 끝으로 선빈이 물러섰다. 녀석은 다시 소파에 드러 눕듯 앉아 조이스틱을 집었다. 문밖에서 민우를 부르는 다정한 여자의 목소리가 들려왔다. 성혜의 부드럽고 다정한 소리. 민우의 몸은 여전히 부들부들 떨리고 있었다.

*

　어렸을 적 일이었다. 박영효 회장의 거실에서 선빈과 민우는 함께 어울렸다. 성혜는 선빈 엄마 윤양금에게 쉴 새 없이 말을 걸었고, 윤양금은 내내 시큰둥한 표정으로 마지못해 고개를 끄덕거렸다.

　어린 선빈의 장난감은 민우였다. 물론 장난감은 많았다. 거실 전체에 쌓아올려도 가득 차고도 넘칠 만큼 많았다. 최신형의 프라모델 로봇에서부터 원격으로 작동되는 헬리콥터까지. 하지만 선빈은 살아있는 장난감에 더한 흥미를 느꼈다. 민우는 말 잘 듣는 선빈의 장난감이었다.

　어린 민우의 등에 올라탄 선빈은 당시 한참 유행이던 프로레슬러 흉내를 재연했다. 민우의 목을 두 팔로 사정없이 조이면서 민우의 항복을 요구했다. 하지만 민우가 너무 빨리 항복 선언을 해버리면 게임은 언제까지라도 계속됐다. 끝까지, 참고 또 참다가 숨이 막혀오고 거실 샹들리에 불빛이 노란 빛깔로 변할 즈음에 가서야 항복이라고 외치거나 오른손으로 바닥을 치며 선빈의 우월한 위치를 확인시켜줘야 했다. 그렇게 한바탕 게임이 끝나고 어느 정도 만족했다고 느끼면 이후 선빈이 민우에게 풍성한 대가를 지불했다. 선빈은 민우에게 한 번도 사용하지 않은 프라모델 로봇이나 고가의 장난감을 선물하곤 했다.

처음엔 선물을 받는 게 좋았다. 하지만 두 번, 세 번, 목이 조일 때마다 민우는 두려웠다. 가장 큰 두려움은 엄마 성혜의 눈빛이었다. 성혜는 목이 조여 얼굴이 새파랗게 된 아들을 보며 웃음을 지었다. 걱정 어린 표정이 역력했지만 성혜는 웃는 것 외에 아무것도 하지 못했다. 거실 바닥에서 부모들을 앞에 두고 선빈은 장기 자랑을 선보이듯 민우의 목을 조르거나 머리털을 휘어잡았다. 그럴 때마다 아버지 박 회장은 '그만하라'는 엄포를 놓았지만 그 말이 아무 소용이 없음을 민우는 어느 순간부터 분명히 알 수 있었다.

민우에게 있어 두려움의 근원은 선빈의 작지만 야무진 손이었다. 선빈이 멈추기 전엔 누구도 자신을 도와줄 수 없다는 두려움이었다. 엄마 성혜는 언제나 선빈이 만족할 때까지, 자신이 가지고 노는 장난감인 민우에게 싫증을 느낄 때까지 참고 또 참고 기다렸다가 마지막 순간이 되어서야 민우를 부르곤 했다. 다정하고 부드러운 목소리로.

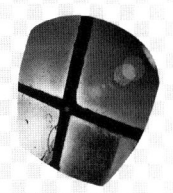

에이 클럽과
아지트

성식이 창가에 걸터앉아 망을 보았다. 태민, 형우와 함께 교대로 돌아가며 망을 봤는데, 성식이 당번으로 걸린 것이다.

성식이 다세대주택 3층에서 망을 보는 대상은 단 한 명이었다. 처음 에이 클럽이 하루 중 최후의 탈선 아지트로 정해놓은 동작동 재건축 예정구역에 숨어들었을 때, 망을 보았던 이유는 가끔, 아주 가끔 움직이는 지구대 경찰들의 순찰을 경계하기 위해서였다. 하지만 두 달 정도 지난 지금은 경찰의 순찰을 찾아보기는 어려웠다. 그렇다면 남은 경계의 대상은 누구인가. 성식이 창가에서 다른 아이들이 건네준 담배를 피우며 휴대폰 전등을 통해 외부의 동태를 살피는 유일한 이유는 바로 할아버지 장은수의 귀가를 확인하기 위해서였다.

"웃기는 노인네야. 자기가 무슨 동네 보안관이라도 된다고 새벽마다 미친 개처럼 싸돌아다니는 이유가 뭔지 모르겠어."

"덕분에 우리가 이런 식으로 놀다 갈 수 있잖아."

거실 소파에 둘러앉아 술과 약을 먹던 민우와 태민의 대화에서도 드러나듯 이곳 다세대주택의 마지막 주인이라 할 수 있는 할아버지는 그렇게 매일 새벽마다 동작동 철거예정구역을 돌아다니곤 했다. 그렇게 돌아다니다가 동이 틀 무렵엔 돌아오곤 했는데, 그와 때를 맞춰 아이들은 같은 건물 반지하 미혜네 집으로 내려가거나 술이나 담배, 아님 약 같은 것에 취해 바이크를 몰고 집으로 돌아갔다.

미혜가 반지하로 내려가지 못하고 3층에 남아 있을 때였다. 선빈과 에이 클럽 아이들이 모두 나간 후에도 민우는 떠나지 못했다. 미혜가 피곤에 지쳐 잠이 들었는데, 잠든 자세가 문제였다. 민우의 어깨에 머리를 기댄 채 잠든 것이다. 가르릉 가르릉 코 고는 소리가 민우의 귓가를 간질였다.

그때 계단 밟는 소리가 들렸다. 미혜를 깨울까도 생각했다. 불안했다. 할아버지의 무표정하고 굳은 얼굴을 생각하면 자신과 미혜를 보자마자 불호령이 떨어질까 두려웠던 것이다.

하지만 민우는 미혜를 깨울 수 없었다. 너무나 곤히 잠들었기 때문이다. 민우의 선택인 부동의 자세를 유지하는 건 본능에 가까운 선택이었다. 미혜를 흔들 수도, 일으킬 수도 없었다.

결국 민우는 현관에 들어선 할아버지와 시선을 마주해야만 했다. 섬뜩한 느낌에 등골이 서늘했다.

하지만 할아버지는 잠든 미혜를 깨우지 않은 민우를 보고서도 아무 말도 하지 않았다. 불호령이 떨어지지도 않았다.

할아버지는 민우와 미혜가 앉아 있는 진열장 바로 옆으로 다가왔다. 그리고는 진열장 유리를 열어 오래된 앨범을 꺼냈다.

민우 옆에 앉은 할아버지는 여전히 말이 없었다. 하지만 민우를 바라보는 시선을 거두지 않았다. 무엇을 말하고 싶었을까. 민우가 마른침을 삼켰다.

할아버지는 마치 오래전부터 반복해서 해왔던 일처럼 익숙한 동작으로 진열장에서 앨범을 꺼냈고, 바닥에 앨범을 펼쳐 놓고 앨범 안에 담아놓은 오래된 사진들을 지켜보았다.

낡은 앨범과 빛 바랜 사진들은 디지털로 저장된 사진과 동영상에 익숙한 민우에겐 다소 낯설었지만 사진 속 장면엔 할아버지의 삶이 그대로 담겨 있는 듯했다. 가족들의 사진, 아들과 딸의 옛날 학생 시절 사진, 아들의 결혼식, 손자를 안고 있는 할아버지의 사진. 그리고 마지막으로 온 가족이 함께 모여 찍은 사진이 민우의 눈에 뜨였다.

가족사진은 야외에서 찍었는데, 처음에는 사진 속 장소가 어딘지 몰랐다. 워낙 밝은 빛에 노출된 장소라서 그랬던 모양이다. 하지만 가만히 보니 할아버지 가족들이 함께 모여 찍은 사진의 풍경은 바로 이곳 다세대주택 정문이었다. 사람 사는 냄새가 깊이 배어 있던 곳. 문득 민우는 이곳 다세대주택을 밤이 아니면 찾은 적이 없다는 생각을 떠올렸다.

앨범을 덮는 할아버지를 보며 민우는 어렴풋이나마 알 수 있었다. 할아버지가 모두들 짐을 챙겨 떠난 이곳에 혼자 남아 있는 이유를. 그리고 할아버지의 가족사진을 보며 민우는 자신의 어깨에 머리를 대고 고단한 잠을 이어가는 미혜가 왜 사진 찍는 걸 배우고 싶어하는지도 알 수 있을 것 같았다. 그 역시 어렴풋하지만 말이다.

*

에이 클럽 아이들이 미혜의 집을 찾기 시작한 건 두어 달 전부터였다. 미혜의 친구 유리를 여자 친구로 사귀고 있던 태민이 자신의 클럽 아이들을 이곳으로 데리고 왔는데, 이유는 단 하나였다. 새벽에 집으로 돌아가기도 그렇고 시간을 보낼 곳이 마땅하지가 않아서였다. DVD방이나 클럽 같은 곳에서 밤을 지새우기도 했지만, 그것도 싫증을 느낀 선빈은 처음 이곳을 발견했을 때 다음과 같은 표현을 통해 만족감을 드러냈다.

"썩 괜찮네. 퀴퀴한 썩는 냄새만 어떻게 대충 처리하면 말이야. 이런 곳이 오히려 운치 있어. 적당히 디스토피아적이고 말이야. 안 그래?"

미혜의 손에 이끌려 이곳을 찾은 민우는 선빈에게 이곳에서 시간을 보내는 이유를 거듭 물었다. 담배를 눌러 끈 선빈이 민우에게 술병 하나를 건넸다. 고급 와인으로 보이는 술병이었는데, 민우가 선빈의 집 홈바 진열장에서 본 적이 있는 술이었다. 민우는 고개를 가로저었다. 그러자 선빈이 우습다는 표정을 지으며 민우의 질문에 답했다. 그 답엔 이런 곳을 아지트로 사용하는 진짜 이유가 숨겨져 있었다.

"재밌는 거 보여줄까?"

"뭔데?"

술에 취한 선빈이 비틀거리며 자리에서 일어났다. 그러더니 미혜와 유리가 나란히 앉아 있는 거실로 걸어갔다. 유리는 태민과 함께 술을 마시는 중이었고, 미혜는 언제나처럼 책장에 등을 기댄 채 웅크리고 앉아 책을 읽고 있었다. 선빈은 마치 자신의 집에 온 것처럼 자연스럽게 책장의 제일 밑 서랍을 열었다. 미혜가 선빈을 한 번 흘깃 쳐다본 다음 망을 보고 있는 성식을 번갈아 바라봤다. 미혜와 눈이 마주친 성식이 고개를 흔들었다.

"아직 안 왔어."

선빈이 할아버지의 것으로 보이는 물건 중 믿기 어려운 물건을 챙겨가지곤 거실 중앙으로 돌아왔다. 그와 함께 다른 손에 한 주먹 움켜쥔 것을 카펫 바닥 위에 올려놓자 술을 마시던 형우와 녀석이 데리고 온 것으로 보이는 은영이란 이름의 여자애가 신기하다는 듯 물건을 바라봤다. 선빈이 민우를 보며 말했다.

"이게 뭔 줄 알아?"

"총이잖아."

"맞아. 광역수사대 형사들이 갖고 다니는 총이야."

책장엔 가족사진이 담겨 있는 앨범 외에 다른 게 있었다. 선빈이 가져온 것, 총도 함께였다. 선빈이 카펫 바닥에 내려놓은 물건을 조립하기 시작했다. 조립이랄 것도 없었다. 한 손에 쥐고 있던 구릿빛 총알을 탄창 안에다 한 알씩 집어넣은 다음 안전장치를 제거하는 작업을 능숙하게 해냈다. 그 모습을 호기심 어리게 지켜보던 형우가 말했다.

"설마 진짜 총일까?"

"진짜 총인지 아닌지 한번 시험해볼까?"

총을 쥔 선빈이 총구의 방향을 형우의 얼굴을 표적 삼아 겨누었다. 그러자 형우가 기겁을 하며 손사래를 쳤다.

"장난치지 마. 진짜 총이면 어쩌려고 그래?"

"새끼, 겁은 많아 가지고……."

술을 마시던 태민이 술병을 내려놓고는 말을 꺼냈다.

"우리가 게임에서 늘 사용하던 리볼버 콜트지?"

"맞아. 미국 경찰들이 실제로 갖고 다니는 거야. 우리나라

에선 광역수사대 형사들이 갖고 다니지. 이걸로 흉악한 범죄자들 머리나 가슴에 쾅! 쾅! 쏴대는 거야."

"노인네가 어떻게 저런 걸 갖고 있지? 신기하단 말이야."

총을 집고 이리저리 만져보던 선빈이 민우에게 총을 보여주며 말을 이었다.

"처음에 태민이 저 자식이 날 이곳으로 데려왔을 땐 말이야. 솔직히 재미없었어. 바이크 타고 드래프트 한번 제대로 치고 도망 다니는 것도 재밌는데 말이야. 그런데, 여기서 우연히 총을 발견한 거야. 라이터를 찾으려고 책장을 뒤지는데 말이야. 진짜 총이 틀림없어. 무게감도 그렇고 총알 한번 집어봐."

선빈의 지시에 민우가 총알을 집었다. 묵직했다.

"한번 제대로 터진다고 생각해봐. 짜릿하잖아."

"단지 이것 때문에 여기에 있는 거야?"

"그것도 그렇고. 여기가 또 집에서 가깝잖아. 신선하기도 하고."

"신선해? 뭐가?"

"우리 아빠가 말이지. 온실 속 화초처럼 자라면 큰일을 못한다고 했어. 우리 학교 애들 봐라. 하루도 빠지지 않고 엄마들이 몰고 다니는 비엠더블유나 아우디에 실려가지고 학교 아니면 학원, 과외 선생 그러다 대학 가고, 유학 가고 그러는 게 전부야. 그건 진짜 인생이 아니지. 이런 쓰레기 같은 환경들을 눈으로 보고 접해야 돼. 그래야 큰사람이 된다고."

큰사람이란 말을 선빈이 연거푸 강조했다. 그 말은 민우가 녀석의 아버지 박 회장으로부터 귀에 못이 박히도록 들어온 말이다. 큰사람, 큰일. 도대체 그게 무슨 의미가 있을까. 민우가 그런 식의 생각에 빠져들 즈음 미혜가 입을 열었다.

"네가 말하는 큰일이란 게 뭔데?"

"뭐?"

선빈에게 하는 말인 것 같았는데, 여전히 눈은 책에서 떨어지지 않은 상태였다. 민우는 미혜가 보고 있던 책을 설핏 살폈다. 사진집으로 보였는데, 자신의 작품이 담긴 동아리 사진 작품집은 아니었다.

미혜가 책을 내려놨다. 무표정한 얼굴로 선빈을 보며 말했다. 웃지도, 화나지도 않은 얼굴로.

"아무 대책도 세워주지 않고 여기 세 살던 사람들, 그냥 거리로 내쫓겼어. 할아버지도 마찬가지고 나도 그래. 우리 같은 사람들 굴삭기로 밀어내고 여기다 큰 아파트나 백화점 지어 올리는 게 큰일이야? 그런 건 조폭이나 하는 짓 아니야?"

선빈이 가소롭다는 듯 쓴웃음을 지었다. 이를 지켜보던 유리가 미혜에게 다가가 그녀의 말을 가로막았다. 미혜도 더 말하고 싶지 않았는지 다시 책을 집어 들었다.

"할아버지 물건이야. 그만 장난치고 제자리에 돌려놔. 누가 뭐래도 여긴 할아버지 집이야. 무너지기 전까진 말이야."

태민을 비롯해 민우까지, 모인 아이들은 누가 먼저랄 것도 없이 선빈의 눈치부터 살폈다. 에이 클럽의 시작과 끝은 선빈이었다. 클럽에 갈 때도, 바이크 튜닝을 할 때도, 무슨 일을 하든 선빈이 결정했다. 물론 그에 따르는 돈과 뒤처리는 선빈의 주머니에서 나왔다. 일전에 사당동 사거리에서 성식이 바이크 사고를 냈을 때에도 선빈의 아버지 박 회장의 전화 한 통으로 훈방조치 되어 풀려난 일을 에이 클럽 아이들은 잊지 않고 있다. 그래서일까. 약속이라도 한 것처럼 누구도 선빈의 말에 토를 달지 않았다. 친구 사이에 허물없는 관계는 유지할 수 있었지만 결정적인 부분에 있어선 언제나 그래왔던 것이다.

그런데, 가진 것도, 부모도 변변히 남아 있지 않은 미혜에게서 이런 말이 나온 것에 대해 선빈이 어떤 반응을 보일지 아이들은 궁금해했고 동시에 초조했다. 자존심 강하고 안하무인 격인 선빈이라 자신이 한 말에 비아냥거린 미혜를 향해 무슨 일을 벌일 것 같았지만 의외로 녀석은 별다른 대꾸를 하지 않았다.

대신 자리에서 일어섰다. 총을 손에 쥐고 미혜가 있는 곳으로 다가갔다. 미혜는 눈 하나 깜빡하지 않고 책을 보고 있었다. 때맞춰 망을 보던 성식이 할아버지가 돌아온다는 말을 하

며 자리에서 일어났다. 그러자 태민, 형우 일행도 대충 자리를
털고 현관 쪽으로 걸어가기 시작했다.

선빈은 뭔가 한마디 미혜에게 건네고 싶었지만 워낙 다른
아이들이 밖으로 나가는 분위기여서 그랬는지 말을 하지 못하
고 퇴장해야만 했다. 총은 미혜의 옆자리에 내려놓은 채.

민우도 예외일 순 없었다. 이제 집으로 돌아가야겠다는 생
각에 자리에서 일어섰는데, 공교롭게도 그때 미혜와 눈이 마
주쳤다. 책을 덮은 미혜가 선빈이 만지작거리던 총을 책장 서
랍에 다시 집어넣으며 민우에게 말했다.

"갈 거야?"

"응?…… 으응. 많이 늦었잖아."

"사진 같이 보지 않을래?"

"어디서? 여기서?"

"아니, 반지하 내 방에서."

"무슨 사진?"

"이거."

미혜가 대답 대신 책 속의 한 장면을 펼쳤다. 인물 사진과는
달랐다. 어딘가 모르게 황량해 보이는 외국의 고건물이 찍힌
사진이었는데, 색감이 독특했다. 건물 벽면이나 그 주변을 둘
러싼 나무들의 색이 온통 붉은색이었다.

"볼만할 거야. 같이 보자."

"그래, 그러자."

그때 왜 민우는 미혜를 보지 않고 현관 앞에 서서 신발을 신던 선빈을 바라본 걸까. 반사적으로 현관 쪽을 향해 눈을 돌렸을 때, 선빈이 민우와 미혜가 대화하는 장면을 지켜보고 있었다. 선빈의 그 눈빛을 민우는 잊을 수 없었다. 언어로는 표현하기 어려운 눈빛이었지만 무언가 불길하고 믿기 힘든 압박감을 주는 그런 눈빛이었다.

그날 민우는 선빈 일행과 함께 떠나지 않았다. 미혜의 요청대로 그날 새벽, 동이 틀 때까지 민우는 반지하 미혜의 방에서 함께 사진책을 감상했다. 책 제목이 민우의 시선을 끌었다.

"체르노빌?"

미혜가 민우의 질문에 답했다.

"원전사고로 시간이 멈춰버린 곳이라고 해. 이 사진책은 그중에서도 가장 피해가 극심했던 우크라이나 프리피야트 마을을 찍은 거야."

사진 속 장면들은 끔찍하고 황량했다. 붉은빛을 띤 대형 메기, 더 이상 사람이 살지 않는 폐허가 된 건물들. 엄청난 수치로 올라간 방사능, 쓸쓸하고 외로워 보였다. 한 장 한 장 사진첩의 책장을 넘기던 미혜에게 민우가 물었다.

"왜 이런 사진들을 보는 거야?"

"거창한 이유는 아니야."

"거창한 게 어떤 건대?"

"인류가 이렇게 다 망했으면 좋겠다, 환경오염의 비극이다, 그런 게 아니고 그 반대라고 하면 믿을래?"

"비극의 반대가 뭔데?"

"희망."

"무슨 희망?"

민우는 정말 알고 싶었다. 이런 끔찍한 사진을 통해, 불빛 한 점 제대로 밝힐 수 없는, 내일이 없는 재건축 다세대주택 안에서 말할 수 있는 희망이란 게 도대체 뭔지 묻고 싶었다. 민우의 질문에 미혜의 대답은 간결하고 확고했다.

"이런 곳에도 사람이 살고 풀이 돋고 나무가 자랄 거야. 힘들고 오랜 시간이 걸리겠지만 그래도 조금씩 좋아진대. 조금씩, 아주 조금씩."

"……."

"그러니까 여기도, 너와 내가 함께 있는 이곳도 아주 조금씩은 나아질 거야. 외로움도, 쓸쓸함도 조금씩 나아질 거야. 이런 생각을 하면서 사진을 봐. 그럼 덜 쓸쓸해져."

미혜의 말을 들어서일까. 다시 본 사진 속 프리피야트는 전과 다르지 않은 살벌한 풍경이었지만 어딘가 모르게 따뜻함이 느껴졌다. 미혜의 말을 믿는다면 언젠가 저곳에 가서도 나무를 심고 정원을 산책할 수 있을지도 모른다.

그렇게 민우와 미혜는 한 권의 사진책을 처음부터 끝까지 살펴보았다. 어느새 휴대폰 액정에서 새어나오는 희미한 빛에 의지해 책을 읽지 않아도 되는 새벽을 맞이하고 있었다.

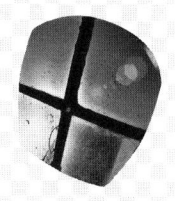

첫 키스

"음식이 입에 맞지 않았니?"

성혜가 걱정스런 눈길로 민우를 바라보며 물었다. 가까스로 민우는 자신의 방 침대에 누울 수 있었다. 성혜가 민우의 이마에 손을 올리거나 가로 누운 그의 어깨를 부드럽게 어루만져 주었다. 민우는 밭은 헛기침을 두어 번 하고 몸을 웅크렸다.

민우에게는 어느 때보다 긴 하루였다. 성혜는 민우를 편히 쉬게 해주고 싶었겠지만, 그럴 수 없었다. 박 회장이 민우를 호출했고, 저녁을 함께해야만 했다. 박 회장의 집에서 먹는 저녁은 언제나 적당한 불편함을 동반했다. 최고급 요리와 깔끔한 위생을 자랑하는 식단임에도 민우는 언제나 불편했는데 오늘은 그 불편함이 적당한 수준을 넘어서고 말았다. 예민해질 대로 예민해진 상태에서 먹을 것을 입 안으로 밀어 넣었다. 결과는 급체였다.

집으로 오는 길에서부터 구토가 시작되었다. 소화제를 먹고, 갓길에 차를 세우고 잠시 쉬어봐도 민우의 구토는 멈추지 않았다. 결국 종합병원 응급실까지 들르고 난 뒤에야 민우의 속이 가라앉을 수 있었다. 집으로 돌아온 시간은 새벽 2시였다.

안쓰러운 표정으로 잠시 돌아누운 민우를 내려다본 성혜가 자리에서 일어섰다.

"푹 쉬어. 아무 생각 말고."

"엄마……."

문밖으로 나가려던 성혜를 돌아누운 민우가 멈춰 세웠다.

"왜? 아직도 불편해?"

"엄마는 어떻게 생각해?"

"무슨 생각? 우리 아들. 피곤할 텐데 할 말이 있음 내일 일어나서 할래?"

"아니, 지금 묻고 싶어."

돌아누웠던 민우가 성혜가 서 있는 곳으로 고개를 돌려 세웠다. 민우의 눈에 비친 엄마의 모습은 검은 실루엣으로만 존재했다. 막연한 느낌이 한순간 민우의 가슴을 다시금 답답하게 했다. 하지만 묻지 않을 수 없었다.

"엄마도 변호사가 말한 것처럼 할아버지가 정말 미혜를 죽인 것 같으냐고."

"민우야."

"엄마, 난 본 그대로를 솔직하게 말해야 하는 게 증인이라고 생각해. 그런데 이건 아냐. 아니라고."

"민우야! 김민우."

정색을 하고 민우를 대할 때 성혜는 항상 아들의 이름을 성까지 붙여 부르곤 했다. 문 앞에 검은 실루엣으로 선 성혜가 고통에 차 있는 아들의 물음에 차갑게 대답했다.

"이제 그만해. 더 이상 어리광은 받아줄 수 없어."

"엄마, 할아버진 말이야……."

"너 이번 사건 해결하려고 박 회장님이 얼마나 신경 쓰신 줄 알아?"

"엄마……."

"모든 게 잘돼가고 있는데 왜 그래? 만약 잘못돼서 선빈이가 잘못되기라도 하면 그 불똥이 어디로 튈 거라고 생각해?"

"……."

성혜가 다시 민우에게 다가왔다. 차가운 얼굴이었다. 무서웠다. 민우는 엄마의 손길이 자신의 얼굴에 닿는 순간 섬뜩함을 느껴 그만 눈을 감아버리고 말았다. 성혜의 손길은 여전히 부드럽고 차분했지만 민우는 결국 이번에도, 그리고 앞으로도 엄마의 말, 박영효 회장의 말, 그리고 선빈의 말을 들을 수밖에 없다는 사실을 인정해야 했기에, 그랬기에 무서웠다.

"아들. 우리 이번만 잘 넘어가자. 우리 둘, 이제까지 잘해왔
잖아. 응?"

"……."

"아들!"

아들이란 말. 민우는 그저 눈을 감아야 했다. 그것 외에 민
우가 할 수 있는 건 아무 것도 없었다. 그렇게 길고 먼 하루가
지나갔다.

프리피야트 어땠어?

글쎄.

**할 줄 아는 말이 '글쎄' 밖에 없어? 감상평을 얘기해. 최대
스무 자 안팎, 1분 이내.**

섬뜩했어.

네 평이 더 섬뜩하다. 그것밖에 할 말이 없어?

그냥. 내가 볼 땐…

너 지금 어디야?

밖이야.

편의점으로 올래?

글쎄.

기다릴게. 기다린다.

한 손은 핸들을 잡은 채, 다른 한 손으론 문자를 보내려니 문자를 제대로 전송하기 어려웠다.

11시 반의 사당동을 통과하는 남부순환로는 늦은 시간임에도 제법 많은 차량으로 붐볐다. 차량의 행렬 속에서 한 무리의 불법 개조한 스포츠카가 왕왕 소음을 질러대며 움직였고, 사이사이를 민우를 비롯한 에이 클럽 아이들의 바이크가 뚫고 지나갔다.

*

선빈은 내기를 좋아했다. 저녁 9시에 대치동 학원에서 나온 아이들은 대치동에서 남부순환로를 타고 순환로의 중간 지점으로 볼 수 있는 보라매공원을 경유해 방배동 서래마을로 돌아오는 길을 일종의 레이싱 코스로 지정했다. 신호를 무시하고 제멋대로 달리는 건 좋은데 정해진 코스는 준수해야 하는 게 그들의 레이싱 규칙이었고, 선빈은 자신이 정한 대회의 1등에게 제법 그럴싸한 선물을 준비했다. 바로 자신이 뒤에 데리고 태운 새내기 대학생 누나와 함께 클럽에 갈 수 있는 기회를 허락해 준 것이다. 대학생 누나는 그저께 선빈이 클럽에서 부킹으로 만난 여자였다.

민우는 1등 따위엔 관심도 없었다. 민우의 바이크 운전 실력은 사실 선빈이나 다른 친구들에 비해 월등했다. 차량 사이를 관통하는 기술에서부터 신호를 무시하고 교차로를 질주할 때의 거침없는 담력, 게다가 커브길이나 급박한 상황 속에서 자유자재로 방향을 전환하는 핸들링 솜씨까지. 민우의 바이크 실력은 에이 클럽에서뿐만 아니라 비슷한 지역 고등학교 아이들에게 제법 소문이 나 있는 수준이었다.

그렇지만 민우는 선빈과의 내기에서 이기는 것을 원하지 않았다. 1등도 싫었다. 이번에도 그랬다. 평소의 민우였다면, 그러니까 이런 식으로 진행되는 레이싱이 아니었다면 민우는 결코 헬멧을 벗는 일, 운전 중에 문자를 보내는 일은 하지 않았을 것이다. 그렇지만 지금 민우는 일부러 문자를 보냈고, 붉은색 신호등에 멈춰 섰다. 그러자 한참을 뒤쳐 있던 선빈의 신형 바이크가 추격하더니 민우가 미혜의 마지막 문자 메시지를 확인하던 순간 끝내 추월해버렸다. 민우를 추월하는 기쁨을 감추지 못하던 선빈이 괴성을 내지르며 자신의 바이크 실력을 과시했고, 선빈의 뒤에 타고 있던 여대생 역시 함께 비명을 질러댔다.

추월당한 이후 민우는 사당동 교차로로 향하는 내리막 차선을 달리기 시작할 때, 핸들에서 손을 떼었다. 그 상태로 200미터 가까이 질주했다. 민우의 바이크는 놀라울 정도로 침착한 균형 감각을 유지했고, 차선 이탈 없이 시속 80킬로미터로 달

렸다. 제한속도를 무시한 선빈의 바이크는 이미 서초동 목적
지에 근접했을 것이다.

　차가운 밤바람이 한차례 민우의 온몸을 보란 듯이 휩쓸고
지나갔다. 핸들로부터 자유로워진 민우의 손엔 휴대폰이 쥐
어져 있었다. 액정 화면을 조작하던 민우는 자신도 모르게 사
진 갤러리를 검색하고 있었다. 한 장의 사진을 확대하다가 축
소하기도 하고 가로로 보았다가 세로로 전환해 보기도 했다.
그 한 장의 사진, 미혜의 얼굴이었다. 사진책을 함께 본 다음
나름대로 자신의 사진 실력을 보여주겠다며 민우의 휴대폰에
자신의 셀카 사진을 전송해준 것이다. 어둑한 배경 너머로 또
렷하게 나타나는 미혜의 유난히 큰 눈동자와 오똑한 코가 눈
에 들어왔다. 거침없는 말투만큼이나 또렷하고 분명한 생김
새에다 유난히 하얀 피부가 보기 좋았다.

　미혜의 사진을 보고 있는 동안 한 통의 문자 메시지가 전송
되었다. 발신자는 미혜였다.

　확인 사살이다. 안 오면 죽음!!

　"집에 간다고?"

　내기는 끝났다. 당연히 이번에도 선빈의 승리였다. 대담한
여유를 부리고도 민우는 2등이었다. 서래마을 공영 주차장 안

으로 들어온 선빈은 여대생과 함께 담배를 입에 물었고, 민우에게도 담배를 권했지만 사양했다.

"12시가 넘었어."

"이 새끼, 니가 무슨 신데렐라야? 12시 넘으면 집에 들어가게?"

선빈이 키득거리자 옆에 있던 여자도 따라 웃었다. 하지만 민우는 웃지 않았다. 굳은 얼굴의 민우를 향해 선빈이 명령했다.

"우린 새벽 2시 쯤에 동작동으로 갈 거야. 그때 다시 와."

"글쎄……"

"내숭떨지 말고 와. 개새끼. 혼자서 놀더니 뒤로 호박씨나 까고 말이야."

"그냥 그건…… 우연이었어."

"됐으니까 이제부턴 빠지지 말고 와. 넌 재미없냐? 대충 스릴 있잖아. 신선하기도 하고. 잘 빠진 카페나 클럽 같은 데에 처박힌 것보다 훨씬 더 짜릿하잖아. 안 그래?"

"재미없는 건 아닌데."

"그럼 됐어. 잔말 말고 와. 너한테 할 말 있어."

"무슨 말?"

"너 딜이라고 들어봤냐?"

"딜?"

"너하고 비즈니스 좀 해야겠다."

"여기서 말하면 안 돼?"

"이 새끼가 눈치 없이…… 아무튼 오라면 와. 너 요즘 부쩍 말이 많아졌다."

"알았어."

대화가 마무리될 즈음 유리를 뒷좌석에 태운 태민이 3등으로 도착했다. 헬멧을 벗은 태민의 얼굴은 땀으로 엉망이었다. 그런 태민을 보며 선빈이 비웃듯 말했다.

"겁대가리만 남은 새끼. 야! 뭐가 겁난다고 온몸을 땀으로 샤워하냐?"

"아! 씨발. 아까 교차로에서 신호 위반하고 달릴 때 맞은편 트럭이랑 정면으로 부딪힐 뻔했어. 오줌 쌀 뻔했다니까."

태민이 무용담을 늘어놓을 즈음 다른 아이들의 바이크도 속속 도착했다. 민우는 선빈에게 별다른 인사는 생략하고 바이크를 끌고 공영 주차장 밖으로 나갔다.

주차장 밖으로 나온 민우는 아주 잠시 동안이지만 자신이 가야 할 곳을 고민했다.

저녁 9시에 학원에서 나올 때 엄마 성혜가 남긴 문자가 마음에 걸렸지만, 이미 민우의 바이크는 동작동을 향하고 있었다. 동작동 편의점을 향해.

민우는 미혜의 문자에 반응할 수밖에 없었다. 별다른 이유가 있어서라기보단 단지 반응할 수밖에 없다는 것, 그것만이 민우가 지금의 자신을 이해시킬 수 있는 솔직한 단 하나의 이유였다. 그랬다. 민우에게 있어서 미혜는 그런 아이였다.

*

"이게 뭐야?"

민우가 물었다. 편의점 근무를 끝내고 나온 미혜가 민우를 보자마자 무언가를 쥐어주었다. 민우는 자신의 손을 내려다보며 물었다. 그러자 미혜가 싱겁다는 듯 답했다.

"초콜릿이잖아. 너 초콜릿 처음 봐?"

"초콜릿인지는 알아. 아는데……."

"어디서 났냐고?"

"우선 그 질문부터."

"편의점에서 가지고 나왔지. 어디서 나."

"그래도 돼?"

"대충 이 정도는 삥땅해도 돼. 편의점 주인이 최저임금도 안 주고 부려먹는데. 너 우리나라 최저임금이 얼마인 줄은 알아?"

"몰라."

"그것도 모르면서."

"……."

"주면 그냥 고맙다고 하고 받아. 뭘 그렇게 조심스럽냐."

"조심스러운 게 아니라……."

"다음 질문이나 해. 왜 초콜릿이냐고?"

"그래."

"우린 프리피야트를 함께 다녀온 사이잖아."

"사이?"

사이라는 말이 어색하게 들렸지만, 듣기에 따라선 기분 좋은 느낌이었다. '사이', 민우에게는 서로의 대등한 관계를 보증하는 의미로 다가왔다. 그런데 그 앞의 수식이 독특하다. '프리피야트를 함께 다녀온 사이'

민우는 사진 속 장면들을 자연스럽게 떠올렸다. 멈춰버린 놀이 기구, 붉은 나무, 시커먼 먹구름으로 가득한 그곳을 함께 다녀온 사이라면 어느 정도 친해질 수 있는 걸까. 민우는 그 사이의 친밀함을 쉽사리 이해하지 못했다.

미혜는 답답한지 민우에게 자신이 직접 쥐어주었던 초콜릿을 다시 뺏더니 포장을 벗겨주었다. 곧 직사각형 모양의 초콜릿이 드러났다. 미혜는 초콜릿을 큼직한 크기로 조각내더니 크게 자른 것을 민우에게 건네주고 나머지는 자신이 먹었다. 민우는 엉겁결에 초콜릿을 입에 넣고 우물거렸다. 달고 은근한 향기가 민우의 입안 가득 퍼졌다. 그런 민우를 보며 여전히 담백하고 직선적인 말투 그대로 미혜가 말했다.

"가자."

"그래. 집에 데려다 줄게."

"집은 싫어."

"그럼?"

"너 바이크 잘 탄다며? 유리한테 들었어."

"그냥. 조금."

"바이크 태워줘."

"저번에도 탔잖아. 새삼스럽게."

"여기서 저기 언덕까지 가는 거 말고."

"그럼?"

"나 한강 보며 달리고 싶어. 그럼 답답한 마음이 확 달아날 것 같아."

"답답해?"

"넌 안 그런가 봐. 난 너무 답답한데."

"……."

"답답하지 않아도 날 위해 달려주면 안 돼? 그럴 순 있잖아."

"함께 방사능으로 오염된 마을을 다녀온 사이니까?"

"빙고! 이제 좀 말귀를 알아듣네."

말을 끝낸 미혜가 먼저 민우의 바이크 뒷좌석에 올라탔다.

민우가 미혜에게 먼저 헬멧을 건넸다. 미혜가 쓰지 않겠다며 고개를 가로저었지만 민우는 억지로 그녀의 머리에 헬멧을 눌러 씌웠다.

한강대교를 달렸다. 한밤중 야간조명에 비친 한강 물빛은 찬란함과 고요함을 함께 나타냈다. 요란한 굉음과 함께 대교를 질주할 때, 민우는 평소보다 10킬로미터 이상 더 속도를 내었다. 자신의 바이크 실력을 과시하고 싶은 마음도 없지 않았다. 교통경찰이 혹시라도 추적하진 않을까 걱정되기도 했지만, 자신의 뒤에 미혜가 있다고 생각하니 이상하게 안심이 되었다. 모르겠다. 이 편안한 기분은 무엇일까.

민우의 바이크가 한강대교를 건너 사거리 교차로에서 멈췄다. 그때 민우의 어깨를 미혜가 툭툭 건드렸다. 민우가 고개를 돌리자 헬멧을 벗은 미혜의 얼굴이 눈에 들어왔다. 뒤돌아본 민우를 향해 미혜가 손짓으로 헬멧을 벗으라는 신호를 했다. 서둘러 헬멧을 벗은 민우가 교차로 신호등을 바라보곤 다시 미혜를 바라봤다. 여전히 신호등은 붉은색이었다.

"언제 헬멧을 벗은 거야? 빨리 써."

"아까 문자 어디서 보낸 거야?"

"어디서 보냈냐고?"

"바이크 타면서 보낸 거지?"

"어떻게 알았어?"

"문자가 조금씩 깨진 걸 보고 알았어. 너 두 손 놓고도 똑바로 갈 수 있다며? 정말이야?"

"응."

굳이 부인하고 싶지 않았다. 특별히 자랑하고 싶은 것도, 과시하고 싶은 것도 없는 민우였다. 특별히 하고 싶은 것도, 누군가를 앞서고 싶은 마음도 없는 민우를 또래 아이들은 애늙은이라고 불렀다. 그런데 이상한 일이었다. 민우는 지금 은근히 미혜에게 자신이 잘할 수 있는 것을 자랑하고 싶었다. 유난히 크고 맑은 눈동자로 자신을 바라보는 그녀를 보면 볼수록 더욱 그랬다.

"그럼 말이야. 너……."

"말해."

"눈 감고도 갈 수 있어?"

"응."

"정말이야? 믿을 수 없어."

"계속 그렇게 갈 순 없지만 그래도 어느 정도는 갈 수 있어."

"그럼 이렇게는…… 이렇게도 갈 수 있어?"

"……."

"갈 수 있냐고?"

갑작스런 일이었다. 미혜는 예고 없이 고개를 돌린 민우의 입술에 입을 맞췄다. 입술을 맞추는 미혜의 두 손은 더더욱 힘껏 민우의 허리를 끌어안았다. 순간 민우의 머릿속은 아찔해졌고, 입술은 뜨거워졌다. 진한 초콜릿 향기가 입안 가득 번져 올랐다.

신호등 신호가 바뀌었다. 하지만 민우의 바이크는 한동안 정지선 앞에 멈춰 서 있었다. 차량 운전자들의 클랙슨 소리가 요란하게 울려댔지만 움직이지 않았다.

처음 미혜의 뜨겁고 향기로운 입술이 자신의 입에 닿았을 때, 민우는 눈을 감지 않았다. 반대로 지그시 눈을 감은 그녀의 얼굴을 물끄러미 바라볼 뿐이었다. 그 상태에서 민우는 시동을 걸고 달려 나가고 싶었다.

보여주고 싶었다. 앞을 보지 않고도, 눈을 감고도, 두 손을 놓고도 앞으로 나갈 수 있음을 자랑하고 싶었다. 그러나 민우는 끝내 그렇게 하지 못했다. 민우의 눈도 미혜와 함께 감겨버렸기 때문이다. 유난히 눈이 크고 예쁜 아이와의 입맞춤, 그 달콤함이 민우로 하여금 스스로 눈을 감게 했다. 민우는 이대로 잠들고 싶었다. 진하디진한 초콜릿 향으로 가득한 아늑함 속에 잠들고만 싶었다.

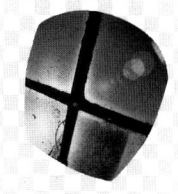

글쎄……

어울리지 않는 풍경이었다. 불빛이라곤 랜턴이 전부인 어둑한 공간 한구석에 웅크리고 앉아 책을 읽는 미혜의 모습이 그랬다. 책 중에서 사진책을 본다는 게 그리 어색하지는 않았지만 미혜 혼자 책을 읽는다는 사실이 어색했다. 다른 아이들, 무단으로 이곳을 점거해버린 아이들은 미혜가 무슨 일을 하든 관심 갖지 않았다. 에이 클럽 아이들은 대개 그랬다. 자신들에게 현재 주어진 즐거움에만 모든 관심을 쏟을 뿐이었다. 태민은 아이폰으로 최신 아이돌 그룹의 댄스곡을 반복 재생하며 자신의 댄스 실력을 보여주길 원했으며, 형우는 몇 모금 마시지도 않았는데 술에 취해 거실 한쪽에 웅크리고 앉아 잠이 들어버렸다. 유리와 새롭게 추가된 두 명의 여자아이는 선빈과 함께 있었다. 선빈의 아이폰을 가지고 카카오톡을 하다가 서로 바라보며 키득거렸다.

민우는 다세대주택 창가 난간에 걸터앉아 담배를 입에 물었다. 창밖을 바라봤다. 창밖의 움직임에서 두드러지는 것은 단 하나밖에 없었다. 가로등도 사람의 인적도 그 어느 것도 찾아보기 힘든 유령의 마을이 되어버린 철거예정구역에서 유일하게 들려오는 사람의 발자국 소리는 단 한 명, 이곳의 주인으로 알려진 할아버지 장은수의 인기척이 전부였다.

할아버지는 어지간해선 새벽 동이 트기 전에는 자신의 집으로 돌아오지 않았다. 민우는 누가 시킨 것도 아닌데, 거의 자진하다시피 창가 난간에 걸터앉아 망을 봤다. 처음에는 할아버지의 인기척을 듣자마자 다른 아이들에게 알려주었다. 하지만 태민이 그런 민우에게 호들갑 떨지 말라고 했다. 그러다가 할아버지가 다세대주택 안으로 다가오는 게 확인되자 왜 이제야 알리냐며 면박을 주었다.

태민의 말처럼 할아버지는 계속해서 동작동 재건축 예정구역을 순찰했다. 누가 시킨 것도 아닌데, 할아버지는 거의 하루도 빠짐없이 제대로 된 랜턴 하나 없이 가파른 오르막길과 내리막길을 비교적 빠른 속도로 돌고 또 돌았다.

할아버지의 동선과 복귀 시간이 기계적으로 정해져 있다는 사실을 알게 된 어느 시점부터 에이 클럽 아이들에게 망보기 당번제는 흐지부지해지기 시작했다. 민우의 새로운 합류도 아이들의 방심에 한몫을 했다. 선빈의 지시를 받아 새벽, 탈선의 마지막을 이곳에서 장식하게 되었지만, 민우는 아이들과 어울리고 싶은 마음이 없었다. 다량의 신경안정제를 먹고 잠시 동안 환각의 세계에 몰입되고 싶은 호기심도 없었고 여자아이들에 대한 그 또래엔 당연할 수 있는 왕성한 성적 호기심조차 부족했다. 그러자 자연히 민우의 자리는 창가 난간에 고정되었다. 난간에 걸터앉아 평소보다 두 배 이상의 담배를 피워 없애는 일, 그렇게 시간을 보내는 일 외에 민우가 별다르게할 수 있는 일은 없었다.

그래도 민우는 선빈의 지시를 어길 수 없다. 선빈은 민우에게 친구 이상의 의미를 가진 존재였다. 선빈이 흔히들 말하는 짱이나 폭력 서클의 캡틴이라서가 아니다. 차라리 그 정도의 관계, 뼁을 뜯기거나 빵셔틀을 당하는 관계라면 이런 곳까지 따라와 함께할 이유가 없다.

선빈은 민우에게 물리적 폭력을 가한 적이 거의 없었다. 그럼에도 민우는 선빈의 지시를 거역할 수가 없었다.

선빈의 지시는 명령이다. 그 명령은 바로 선빈 아버지의 명령과도 같다. 물론 친구 아버지 명령에 절대 충성해야 할 의무는 없다. 하지만 민우에게 선빈의 아버지 박영효 회장은 일반적인 친구 아버지와는 달랐다. 아직은 세상 사는 법을 모르는 나이라고 하지만 민우는 꼭 알아야 할 것은 알고 있었다. 박 회장 가족과 자신의 엄마 성혜의 관계는 서글플 만큼 철저한 갑과 을의 관계였다. 보험설계사 성혜의 실적 대부분을 유지해 주고 있는, 없어서는 안 될 거래처가 바로 박 회장 회사였다. 만약 박 회장이 마음을 다르게 먹는다면 성혜와 민우, 두 모자의 생계는 그야말로 낭떠러지로 추락하는 상황이었다.

성혜는 언제나 민우에게 '박 회장님의 도움을 받지 않으면 우린 살 수 없다'는 말을 반복해서 들려주었다. 그 말이 갖는 의미가 무엇인지 차라리 민우는 알고 싶지 않았다. 그렇지만 머릿속에서 엄마의 말은 주홍글씨처럼 지워지지 않고 남아 있었다. 그 주홍글씨가 민우로 하여금 알아서 행동하도록 만들었다. 선빈의 말에 토를 달지 않기, 녀석이 시키는 대로 하기 등등의 행동 말이다.

그렇지만 동작동 재건축 예정구역 주택에서 밤을 새우는 일이 민우에게 마냥 괴롭지만은 않았다. 오히려 그 반대였다. 내색하지 못했지만 민우는 하루에 한 번씩 빠짐없이 미혜를 보는 일이 좋았다. 물론 그날 이후, 다시 말해 미혜가 자신의 입술에 입술을 갖다 댄 일이 있은 후 약간의 어색함이 있긴 했다. 미혜의 적극적이고 거침없는 성격과 달리 민우는 경계심이 강했다. 그래서일까. 더 이상의 관계는 이뤄지지 않았다. 사진을 가르쳐달라는 미혜의 계속되는 요구에도 민우는 적극적이지 못했다.

민우는 자의 반 타의 반 계속해서 미혜의 곁에 머무르고 있다. 어쩔 수 없는 일이긴 했어도 미혜를 거의 매일 새벽에 같은 공간에서 볼 수 있는 것이 싫지 않았다. 미혜 역시 마찬가지 같았다. '글쎄'란 말로 굳어진 민우의 답답한 성격에도 미혜는 별다른 화를 내거나 불평하지 않았다. 미혜의 거침없는 성격은 아이들 사이에서도 이미 알려져 있었다. 하지만 민우에게만큼은 다르게 대했다. 충분히 답답할 것 같은 민우의 태도에도 미혜는 싱긋 웃는 것으로 넘어갔다. 그런 미혜의 태도에 미안함과 고마움을 함께 느낀 민우는 매일 밤마다 그녀의 아르바이트 일터인 편의점 앞에서 기다렸다. 교대 시간이 되어 나온 미혜를 자신의 바이크 뒤에 태우곤 동작동 오르막길을 올라갔다. 그렇게 둘은 사귀는 것도, 사귀지 않는 것도 아닌 사이가 되어갔다. 하지만 민우는 이런 어정쩡한 사이가 좋았다. 따로 애쓰지 않고도 매일 편하게 얼굴 볼 수 있는 상태. 언제까지 이런 식의 생활이 반복될지는 모르지만 그래도 민우는 편의점 앞에서 미혜를 기다리는 일이 싫지 않았다. 아니, 정확히 말하자면 좋았다. 그것도 아주 많이.

*
*

"가출한 애들, 그중에서도 여자애들 낚시하는 데 걸리는 시간이 얼마나 되는 줄 알아?"

선빈이 물었다. 새벽 4시. 태민과 성식, 그리고 여자애들은 술에 취했거나 잠을 이기지 못하고 거실 아무 곳에서나 자리를 잡고 누웠다. 미혜 역시 책에 얼굴을 파묻은 채 잠들어 있었다. 선빈은 친절하게 민우가 앉은 창가 자리에 나란히 걸터앉아 담배를 권했다. 민우가 고개를 가로저었고 그러자 선빈 혼자 담배를 입에 물고 창문을 열었다. 새벽 찬바람이 민우와 선빈의 얼굴을 한차례 휩쓸고 지나갔다.

선빈은 습관처럼 할아버지의 콜트 권총을 손에 쥐고 있었다. 경찰, 그게 아니면 국정원 요원이라도 되고 싶은 걸까. 장난감을 만지며 좋아하는 어린아이마냥 이곳에 오면 선빈은 늘 묵직한 중량감을 자랑하는 권총을 손에서 놓지 않았다.

"한 시간이면 끝나. 너무 간단해서 지겨울 정도야."

선빈은 자신이 던진 질문에 스스로 대답했다. 민우는 물끄러미 선빈을 쳐다보기만 했다. 늘 그런 식이었다. 선빈 혼자 질문하고 혼자 대답하는 방식.

"어떻게 하는데?"

선빈이 반응을 원하는 듯 쳐다보자 민우는 궁금하지 않지만 질문을 했다.

"몰라 물어? 밥 사주고 담배 사주고 바이크 태워주고 거기다 모텔 같은 곳에서 잠 한번 재워주면 게임 끝이야."

"그러네."

"그런데 이상하지. 그런 여자애들은 대충 꼬시면 나한테 죽는 시늉까지 하며 덤벼드는데 결정적으로 재미가 없다."

"매일 다른 여자애들하고 사귀고, 그러는 데도 별로 힘들이지 않으면 좋은 거지. 뭘 그래?"

"시시하잖아. 너 내가 왜 그런 애들 낚아서 엠티(*모텔의 은어) 가지 않고 이런 구질구질한 곳으로 오는 줄 알아?"

"몰라."

"새롭잖아. 여긴 돈 달라, 밥 사달라 아우성치는 가출한 애들도 없고."

"……."

잠시 후, 선빈이 꽁초를 거실 바닥에 눌러 끄며 말했다. 짧은 순간의 침묵이었지만 그사이 미혜가 눈을 비비며 고개를 들었다. 선빈과 민우. 누가 먼저랄 것도 없이 미혜를 바라봤다. 잠에서 깨어난 미혜는 오래된 습관처럼 다시 책장을 넘겼다. 선빈이 방금 전보다 훨씬 더 낮은 목소리로 말했다. 미혜가 듣지 못할 정도의 소리로.

"너, 미혜 쟤 좋아하냐?"

"뭐?"

놀란 눈으로 자신을 바라보는 민우를 선빈은 정면에서 마주하지 않은 채로 말을 이었다. 선빈의 시선은 미혜에게 고정되었다.

"아님…… 그 반대인가?"

"무슨 소리야?"

"미혜가 너한테 관심 있는 것 같은데, 그렇지?"

"그…… 글쎄."

'글쎄'라는 대답, 민우는 왜 습관처럼 '글쎄'라는 말을 했는지 자신이 원망스러웠다. 부정도 긍정도 아닌 '글쎄'란 답은 상대로 하여금 민우의 속마음과는 전혀 다른 해석을 가져올 수도 있다. 선빈에게 민우의 '글쎄'는 무슨 의미였을까.

민우의 심장이 갑자기 두근거리기 시작했다. 미혜가 선빈과 민우가 나란히 앉은 창가를 바라보기 때문이었다. 선빈이 미혜를 향해 손을 들어 보였다. 미혜는 반응하지 않았다. 그런 그녀를 보며 낮은 목소리로 민우에게 말했다.

"저 애 나한테 넘겨."

"뭐?"

"내숭 까지 마 새끼야. 너 은근히 저년한테 작업 걸고 있는 거 다 알아. 이제 대충 넘어온 것 같으니까 나한테 넘겨, 콜?"

선빈의 말을 듣는 순간 민우는 거듭 확인하고 싶었다. 인정하고 싶지 않은 현실이기 때문이다.

갑자기 머릿속이 텅 비어버린 민우에게 미혜가 말을 걸었다.

"할아버지…… 올 시간 안 됐어?"

"응 아직. 조금 더……."

"이제 너희들 가. 나도 잘 거야."

미혜가 자리에 일어났다. 선빈은 뒤돌아선 미혜를 향해 콜트의 총구를 겨누는 포즈를 취했다. 민우의 얼굴이 창백해졌다. 무엇을 어떻게 해야 할지, 선빈에게 어떻게 답해야 할지 그에 대한 아무런 답도 주어지지 않았다.

"미혜 저거 특이 체질이야. 집도 부모도 아무것도 없는 가난한 년이 어찌나 콧대가 높은지. 사람이란 말이야. 참 재밌어. 꼭 쉬운 길을 놔두고 어렵고 힘든 길을 정복하려고 한단 말이야. 그런 게 정글에서 살아남는 법이라고 했어. 누가 그랬게?"

"너희 아버지?"

"풋! 이제 도사 다 됐구나. 암튼 부탁한다. 내 말 알아들었지?"

선빈이 민우의 어깨를 두어 번 두드렸다. 단지 건드린 것뿐인데, 망치로 두들겨 맞는 것 같은 강한 압력이 느껴졌다. 민우에게 선빈의 토닥임은 사형 선고와 같이 느껴졌다. 잘못한 것도 없이 부당하게 받게 된 사형 선고. 그 선고 앞에 무언가 한마디 항의라도 해야 하지 않을까. 고개를 든 민우가 일어서서 자신을 내려다보는 선빈을 올려다보았다. 비열한 웃음을 짓는 선빈에게 민우는 뭔가 말하기 위해 입술을 우물거렸다. 그러나 그뿐이었다. 민우는 말하지 못했다. '난 그런 일은 하지 못한다고.' 아니, 좀 더 솔직한 말, 마음속에 내내 담아두었던 그 말, '난 미혜를 정말 좋아해'라는 말을 하지 못했다.

"대답해. 새끼야. 알아들었냐고?"

오히려 선빈이 다그치자 민우는 반사적으로 녀석의 말에 다음과 같이 답할 수밖에 없었다. 언제나 그래왔듯이.

"글쎄……."

"글쎄 글쎄! 넌 그 말밖에 할 줄 모르냐?"

"……."

"어쨌든 너 접수한 거다."

"글쎄……."

"이제 가자. 슬슬 졸리네."

"글쎄……."

열린 창문 너머로 익숙한 발자국 소리가 다시금 선명하게 들려오기 시작했다. 곧이어 모습을 나타내는 할아버지의 모습. 칠흑 같은 어둠 속에서 할아버지는 검은 유령처럼 터덜터덜 걸음을 옮겼다. 민우는 할아버지의 검은 그림자를 말없이 내려다보았다.

＊

　민우가 선빈의 명령을 거부하지 못한 것은 이른바 학습 효과에 따른 결과였다. 속으로는 말도 안 된다고, 수백 번이라도 소리치며 딱 잘라 거절하고 싶었지만 민우는 결국 이번에도 '글쎄'를 반복하기만 했을 뿐이었다.

　유년의 공포는 자연스럽게 선빈과 민우의 관계를 주인과 종, 또는 주인과 애완동물의 관계로 고착시켰다. 선빈은 매우 세련되게, 하지만 속을 들여다보면 더없이 악랄하게 민우를 사용했다. 초등학교 때부터 민우는 선빈의 악랄한 심부름을 도맡아야 했다. 선빈이 괴롭히고 싶은 아이를 지목하면 민우는 어떤 식으로든 그 아이에게 해를 입히고 괴롭히고 심지어 누명 씌우는 짓까지 묵묵히 수행해야 했다. 여자아이를 선빈에게 소개시켜주는 일도 그중 하나였다. 유난히 하얀 얼굴에 공부도 잘하는 편에 속하는 민우를 아이들은 대체로 신뢰했고, 민우는 그런 자신의 신뢰를 바탕으로 여자아이들에게 선빈을 소개시켜주곤 했다.

　민우가 선빈의 지시에 맹목적인 태도를 유지한 것은 결코 선빈과 친해지기 위해서가 아니었다. 선빈은 아버지 박 회장을 빼닮았다. 박영효 회장은 실적을 올리는 직원을 홀대하지 않았다. 무한경쟁에서 살아남은 직원에게는 그에 맞는 대우를 약속하고 실천했다. 물론 반대의 경우, 경쟁에서 도태된 직원에 대한 징계도 분명했다.

그의 아버지처럼 선빈도 충성도에 따라 주변 아이들을 대우했다. 누구보다 민우는 선빈의 눈 밖에 날 수 없는, 눈 밖에 나서는 안 되는 입장이었다. 선빈의 지시를 충실히 수행한 노력이 결실을 거둔 것일까. 언제부턴가 선빈은 민우를 친구라고 불렀다. 친구. 그 말을 듣기 위해, 그 말을 유지하기 위해 민우는 오랫동안 너무 많은 것을 감수해야 했다. 인간적 감정이나 판단은 민우의 몫이 아니었다. 반감이 없지는 않았고, 때로 자신이 껍데기만 남은 것 같이 느껴지기도 했지만 엄마 성혜를 떠올리면 그런 감정은 사치로 느껴졌다. 엄마의 말대로 민우는 선빈과 '사이좋게' 지내야만 했다.

미혜를 넘기라는 선빈의 말은 제안도, 부탁도 아니었다. 어떤 말로 포장한다 해도 그것은 결국, 네가 나의 친구로서 얼마나 충성하는지 지켜보겠다는 명령일 뿐이었다. 선빈은 민우의 속마음 따위에는 관심이 없었다. 중요한 건 단 한 번도 자신의 명령을 거역한 적 없는 민우가 이번에도 자신에게 충성을 다하느냐는 사실, 그 하나뿐이었다. 충성도 확인은 여전히 반복되고 있었다.

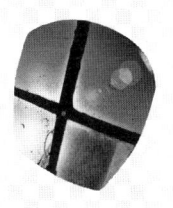

진실을 닮은
거짓말

피고인 장은수. 김미혜 살해사건 피의자. 불법 총기류 소지 혐의까지.

푸른색 죄수복 차림의 할아버지를 설명해주는 간략한 수식어였다.

몇 마디 안 되는 짧은 죄목이지만 그 간단한 죄목만으로도 이미 할아버지는 사회로부터 영구 격리가 필요한 흉악범으로 낙인찍혀 있었다. 법정은 피고인 장은수에게 노인에 대한 대우나 예의를 철저히 생략하는 분위기였다. 초췌한 모습의 할아버지를 향해 검사는 수시로 반말을 섞어가며 심문하기 일쑤였고, 할아버지의 국선변호인은 어쩌다 한 번 자리에서 일어나 한두 마디 하는 게 변호의 전부였다.

법정은 차갑고 무거웠다. 민우는 자신만 그렇게 느끼는 건 아닐 거라고 생각했다. 딱딱한 판결용 책상과 차가운 푸른빛의 형광등, 무언가에 짓눌린 것 같은 엄숙한 분위기, 검은 법복을 걸친 판사가 들어와 자리에 앉는 모습을 다시 보게 된 민우는 가슴이 내려앉을 것 같은 두려움에 사로잡혔다. 자신이 이런데 할아버지는 오죽할까 싶었다.

민우가 법정에서 할아버지를 대한 건 이번이 처음이었다. 그날, 미혜가 사망한 이후 민우는 한 번도 할아버지를 보지 못했다. 6개월 만에 다시 보게 된 할아버지의 모습은 몰라볼 정도로 수척해져 있었다. 하지만 달라지지 않은 게 있었다. 6개월 전, 그 칠흑 같은 어둠의 거리를 홀로 걸어 다닐 때도, 지금도 어김없이 할아버지는 아무 말도 하지 않았다. 피고인 자리에 얌전히 앉아 반쯤 고개를 숙인 채로 침묵할 뿐이었다. 억울할 것도, 더 해야 할 말도 없다는 식으로 할아버지는 굳게 입을 다물고서 자신을 흉악한 여고생 살인범으로 몰아가는 이 끔찍한 분위기를 인내하고 있었다.

인내라는 말이 적합할 거라고 민우는 생각했다. 오늘 법정에 세 번째 증인으로 나온 선빈이 하는 말을 가만히 듣고 있자니 절로 그런 생각이 들었다.

증인으로 나선 선빈은 태연했다. 무엇보다 여유로웠다. 선빈은 증인석에 오를 때까지 MP3 이어폰을 귀에 꽂고 몸을 흔들어대다가 자신의 차례가 오자 배짱 좋게 면접에 임하는 수

험생처럼 아무렇지도 않게 증인 선서를 하고 자리에 앉았다.

서류 검토를 끝낸 검사가 성큼 다가와 질문을 시작했다. 검사의 말투는 언제나 경직되어 있었다. 증인이든 피고든 누구든 이 건조하고 딱딱한 환경에선 주눅 들기 마련일 텐데 선빈은 검사가 묻는 말에 막힘없이 대답했다. 약속이라도 한 것처럼. 가만히 듣고 있으면 검사와 선빈이 사전에 질문과 대답에 대한 각본 연습이라도 한 것처럼 보였다. 검사의 질문은 마치 모의고사 예상 문제를 보는 듯했다. 이미 박 회장 회사에 소속된 법무팀 강 변호사가 알려준 예상 질문과 거의 비슷한 질문들이었다.

"그날 김미혜 양이 지내고 있던 동작동 재건축 예정구역 무허가 건물을 찾은 이유가 뭡니까?"

문득 민우는 '증인'이란 단어의 사전적 의미를 떠올렸다. 증인. '증거로 서는 사람. 증명을 하는 사람.' 등등. 증인은 증거와 증명을 본 그대로, 있는 그대로 말하는 것이다. 아니, 모든 사람이 그렇게 알고 있을 것이다. 하지만 선빈은 증인의 정의와는 다른 답변을 하기 시작했다. 태연한 얼굴로 자신을 노려보듯 쳐다보는 할아버지를 바라보며.

"미혜 친구 유리란 아이가 제 친구 태민이와 친하게 지내서요."

"같은 반 친구 윤태민 말인가요."

"예."

"계속하세요."

"사고가 있던 날 유리가 태민이하고 나한테 부탁했어요. 미혜가 위험한 곳에서 혼자 지내는데 같이 와서 지켜줄 수 있겠냐구요. 그래서 그날 그곳에 간 거예요. 태민이 혼자 가면 위험할 것 같으니까 다른 친구들하고 같이 간 거죠."

"김미혜 양이 위험하다고 말한 건 구체적으로 무슨 이유 때문입니까?"

"미혜네 다세대주택 3층에 살고 있는 할아버지 한 명이 자꾸 미혜한테 못된 짓을 하려 한다고 했어요. 그래서 가만있을 수 없었죠."

"못된 짓은 구체적으로 뭘 말하는 걸까요?

"말만 들어 잘 알 순 없지만 여자아이한테 할 수 있는 못된 짓이라면 뻔하지 않을까 싶은데요."

선빈의 지레짐작에 할아버지의 국선변호인이 손을 들어 반대 의견을 피력하려 했지만 이내 포기했다. 판사도 굳이 선빈의 말을 막지 않았다. 할아버지를 변호하기 위해 선임된 국선변호사는 맹렬한 추궁과 심문을 반복하는 검사와는 다르게 매사에 의욕이 없어 보였다. 변론시간에도 증인에게 할아버지의 무죄를 입증하려는 방향보다는 주로 할아버지, 피고인 장은수가 오랜 철거민 생활로 인해 몸과 마음이 많이 황폐해져 있지 않았느냐는 호소를 통해 동정표를 얻고자 주력하는 분위기였다. 검사의 질문이 계속되었다.

"무슨 짓인지 대충 짐작이 가는군요. 그런데 그날만 그곳에 간 겁니까?"

"예."

"근처 목격자들에 의하면 증인과 증인 친구들이 이전에도 그곳에 오토바이를 타고 어울려 다녔다는데 사실이 아닌가요."

"바이크를 함께 타고 돌아다니긴 했지만 그쪽에 간 일은 두 번 정도밖에 없어요."

"이유는요?"

"마찬가지예요. 할아버지가 미혜를 위협한다고 해서 지켜주려고 간 거죠."

"주로 어디 쪽으로 다녔죠?"

"저희 집 근처, 서초동하고 방배동, 그리고 학원이 있는 대치동 사이만 왔다 갔다 했어요."

"알았어요. 그럼 이전 증인들과 동일한 질문을 하겠습니다. 먼저 정황 설명을 해볼게요. 지금 말하는 것이 증인이 본 것과 일치하면 일치한다고 말하도록 해요. 알았죠?"

"네."

"증인하고 친구들은 김미혜 양을 지키기 위해 새벽 2시경에 오토바이를 타고 동작동 재건축 예정구역을 찾았어요. 정확히 말해 철거가 결정되었는데도 움직이지 않고 있던 장은수 씨와 미혜 양이 있는 동작동 21-3번지 3층짜리 다세대주택에 말이죠. 맞나요?"

"맞아요."

"그런데 새벽 2시에 와 보니 김미혜 양이 죽어 있었고, 사고 현장엔 피가 묻어 있는 권총이 거실에 떨어져 있었다. 맞나요?"

"맞아요."

"그때 장은수 씨를 직접 봤나요?"

"장은수가 누구죠?"

"할아버지 말이에요. 지금 저 피고인."

"직접 본 건 아니지만 저 사람이 맞을 거예요."

"왜 그렇게 생각하죠?"

"미혜의 머리에서 피가 흐른 걸 확인하고 창밖을 봤을 때 누군가 황급히 도망치는 걸 봤어요. 그래서 누구냐고 소리쳤지만 대답은 안 했어요."

"계속하세요."

"그런데 그 총을 보니까 미혜를 죽인 범인이 할아버지일 거라는 생각이 들었어요."

"어째서요?"

"미혜와 친구 유리가 항상 그랬어요. 우리 집 3층에 이상한 할아버지가 살고 있는데 항상 권총 같은 걸로 위협하며 말 안 들으면 죽여버린다고 했거든요."

"증인도 그런 말 들은 적 있나요?"

"예."

"피고가 뭐라고 하던가요?"

"너희 같은 개새끼들 모두 총으로 쏴 죽여버리겠다는 말을 입버릇처럼 반복했어요. 미친 사람 같았어요."

"그때 혹시 총도 봤나요?"

"아니요. 그땐 못 봤어요. 그냥 겁주려고 그러는가 보다 했죠. 진짜 총이 있을 줄은 몰랐어요."

그 순간 민우가 방청객 자리에서 일어섰다. 옆에 앉아 있던 성혜가 손을 잡았지만 소용없었다. 민우는 서둘러 법정 밖을 빠져나왔다. 단숨에 화장실로 향했다.

괴로웠다. 진실을 말하지 않는 선빈의 거짓말이 듣기 싫었다. 또한 저 퍼즐처럼 맞춰진 거짓말을 자신도 똑같이 반복해야 한다는 게 죽기보다 싫었다.

화장실 개수대 앞에 선 민우가 수도를 틀고 개수대 안에 머리를 들이밀었다. 민우의 머리가 순식간에 흠뻑 젖어버렸다.

차가운 감각과 함께 법정에서 들려오는 차임벨 소리가 들려왔다. 선빈의 증언이 끝난 것이다. 진실을 닮은, 그러나 완전히 진실을 비틀어버린 증언을 마친 선빈을 이제 어떻게 봐야 할 것인가. 예전처럼, 언제나 그랬던 것처럼 똑같이 대해야 하는가? 민우는 두려웠다.

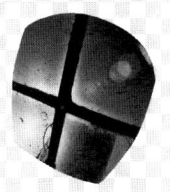

프리피야트와
배신

평일 저녁 7시. 민우와 미혜는 서초동 예술의전당 앞에 있는 스타벅스에 마주 앉아 있었다. 라운드형 테이블에 놓여 있는 캐러멜 라떼와 치즈 케이크을 바라보는 미혜의 눈에 웃음이 들어앉아 있었다.

미혜는 뜻밖의 장소에서 민우를 만났을 때부터 기쁜 얼굴이었다. 드러내서 내색하지는 않았지만 웃음을 머금은 눈과 자꾸 올라가는 입꼬리를 숨길 수는 없었다. 민우는 되도록 미혜와 눈을 마주치지 않으려 했다. 대신 자신이 갖고 온 캐논 카메라에서 눈을 떼지 않았다.

어느 순간부터인가 민우는 미혜와 시선을 마주하는 게 부담스러웠다. 그녀의 존재가 성가시거나 한 건 아니었다. 오히려 그 반대였다. 거의 날마다 미혜의 얼굴을 보고, 한 공간에서 잠시나마 함께할 수 있다는 사실에 알 수 없는 위로를 받곤 했었다. 그럼에도 이렇게 직접 단둘이 얼굴을 맞대고 서로를 바라보는 건 여전히 부담스러운 일이었다.

민우에 대한 미혜의 관심과 호의는 한결같았다. 민우를 처음 만나 사진을 가르쳐달라고 졸랐던 때부터 그와 함께 탄 바이크에서 입을 맞췄던 순간까지, 미혜는 처음부터 지금까지 자신의 감정을 솔직하게 밝혀 왔었다. 저녁에 편의점 아르바이트를 하고, 아침에는 전단지 부업까지 하며 억척스럽게 하루하루를 꾸려나가는 그녀는, 평일 오후만 되면 구립 도서관을 찾아 책을 읽거나 대입 검정고시를 준비했다.

언젠가 민우가 미혜에게 물었다. 힘들게 아르바이트를 왜 그렇게 많이 하느냐고. 철없는 질문이었지만, 미혜는 민우에게 아무 말도 하지 않았다. 싱겁다는 듯 미소 지으며 민우의 머리칼을 한 차례 매만지는 장난스런 손짓으로 넘겨버렸다.

민우는 자신을 향한 미혜의 솔직한 감정에 지독히도 소극적으로 반응했다. 긍정도 부정도 하지 않는 상태로 동작동 다세대주택에서 어색한 시간을 보내곤 했다. 미혜가 자신이 찍은 사진들을 휴대폰으로 전송하고는 악평이든 어떤 말이든 상관없으니 꼭 평해달라는 말을 했지만 민우는 미혜를 볼 때마다 '다음에', '다음에' 하며 시간을 끌곤 했다. 그렇게 그들은 완전한 친구도, 그렇다고 아무 사이도 아닌 어색한 관계를 이어오고 있었다.

그런데 오늘 민우가 미혜를 먼저 찾아간 것이다. 구립 도서관 종합정보실에 앉아 대입 검정고시 수험서를 펼쳐든 미혜에게 먼저. 게다가 미혜를 스타벅스까지 데리고 왔다. 미혜가 묻지도 않았는데, 민우는 캐러멜 라떼와 치즈 케이크 한 조각을 미혜의 몫으로 주문했고 자신은 얼 그레이를 주문했다. 자신의 자리 앞에 놓인 캐러멜 라떼를 보며 미혜가 민우에게 물었다.

"내가 캐러멜 라떼 좋아하는 거 어떻게 알았어?"

"전에 한번 말한 거 들었어."

"지나가는 말로 한 거였는데 그런 걸 기억해?"

"그냥."

평소의 그녀와는 다른 부드럽고 상냥한 음성이었다. 민우는 미혜의 목소리가 전혀 어색하지 않았다. 오히려 에이 클럽 아이들과 어울릴 때 퉁명스럽게 대꾸하거나 말할 때의 모습이 더욱 어색해 보였다.

미혜가 천천히 캐러멜 라떼를 마셨다. 달콤함을 음미하는 표정이 행복해 보였다.

"그런데 무슨 일이야? 일부러 찾아와서 이렇게 맛있는 거까지 사주고."

"뭐. 그냥."

"그냥이 아닌 것 같은데."

"웅?"

"할 말 있는 거 아니야? 평소랑 많이 다르잖아."

"글쎄, 그런가?"

"그 카메라는 뭐야?"

"아, 이거? 니가 필요할 거 같아서."

"나 빌려주는 거야?"

"아니."

"그럼?"

"너 주는 거야."

"넌 어떡하구?"

"난…… 또 하나 있어."

미혜는 카메라와 민우를 번갈아 보더니 눈을 가늘게 뜨고 말했다.

"그리고 또?"

"또?"

"카메라만 주려고 온 건 아닌 거 같은데. 또 할 말 있는 거잖 아."

순간, 민우는 가슴이 덜컥 내려앉는 것 같았다. 꼭 해야 할 말이 있었다. 선빈 때문에 미혜를 찾아간 것이다. 그런데 그걸 어떻게 알고 있을까.

"어서 말해. 답답하잖아."

미혜가 웃었다. 민우의 가슴이 또 한 번 덜컥 내려앉았다. 미혜는 오해하고 있었다.

미혜 말대로 오늘 민우는 한 달여 동안 보여준 소극적인 모습이 아니었다. 미혜가 구립 도서관에서 대입 검정고시 준비를 한다는 걸 알고 있었지만 그동안 한 번도 찾아간 적이 없었다. 더구나 저녁 7시. 민우를 비롯해 대명고등학교 아이들이 한 명도 빠짐없이 학원에 있을 시간이었다. 캐논 카메라를 가져오긴 했지만, 다른 때 줘도 될 것을 굳이 학원까지 빼먹고 찾아갔으니 미혜로서는 충분히 오해할 만한 상황이었다.

미혜는 뜸을 들이는 민우를 마냥 흐뭇하다는 듯 지켜보고 있었다. 그런 미혜에게 해야 할 말이 민우를 괴롭혔다. 미혜의 미소를 걷어가고, 그 자리에 경멸을 채워 넣을 말을 조금이라도 미루고만 싶었다.

"네가 좋아하는 사진 속 장면들 말이야."

뜬금없는 말에 미혜는 잠시 어리둥절한 표정이었다.

"프리피야트?"

"응."

"한 번 더 보고 싶어? 가방에 있는데."

"아니, 그게 아니고."

"그럼?"

"그냥, 난 말이야……."

"응. 말해."

"너무 낙관적으로 생각하는 것 같아."

"무슨 말이야?"

"프리피야트, 체르노빌…… 그리고 후쿠시마 같은 데 말이야."

"응."

"다시 정상적인 나무가 자라고 사람이 살 수 있으려면 백 년이 걸릴 지 이백 년이 걸릴 지 아무도 모른대."

"……."

"그동안 아무도 그곳에 가지 않을 거야. 그곳에서 살고 싶지 않은 거야. 그런데 어떻게 희망을 말할 수 있어?"

"희망을 말하면 안 돼?"

"그건 아니지만. 그건 현실과 거리가 멀잖아."

그때 주머니에 넣어둔 휴대폰 진동이 느껴졌다. 문자 메시지였다. 확인하지 않아도 누가 보냈는지 알 수 있었다. 시간이 많지 않다. 프리피야트는 현실과 거리가 멀었다. 현실은 주머니 속 휴대폰 안에 있었다.

"거리가 멀다고 그냥 내버리면 영원히 그곳은 아무 희망도 없는 곳이 되고 말 거야."

"……."

"난 희망의 눈으로 보고 싶은데 넌 안 그래?"

"……."

"내가 너무 감상적이고 유치한 건가? 그래?"

민우는 자리에서 벌떡 일어섰다. 갑작스런 행동에 미혜는 놀란 표정이었다.

"왜 그래? 어디 불편해?"

"아, 아니."

"그럼?"

"화장실 좀 다녀올게."

남자 화장실로 들어간 민우는 거울 앞에 한참 동안 멍하니 서 있기만 했다. 볼 일을 본 사람들이 민우의 모습을 이상하게 쳐다보았다. 민우는 주머니에서 휴대폰을 꺼냈다. 문자 메시지를 확인하는 게 두려웠다. 그 두려움을 눈치채기라도 한 것처럼 휴대폰은 또 새로운 메시지를 전달했다. 반사적으로 문자를 확인했다.

작업 끝났어? 나 이제 고고싱?
멍미. 아직도 아니야? 뜸 들이면 죽여버린다.

발신자는 역시 '친구 선빈'이었다. 휴대폰을 든 손이 가늘게 떨렸다.

민우는 선빈을 친구로 생각하고 싶었다. 친구. 그래서 친구에게 자신이 좋아하는 이성 친구를 양보할 수도 있는 거라고 스스로에게 최면을 걸고 싶었다. 하지만 어떻게, 아무리 좋은 말로 합리화하려 해도 민우는 자신을 설득시킬 수 없었다. 가장 끔찍한 사실은 절대로 설득될 수 없는 상태로 명령에 따라야 한다는 점이었다. 친구가 친구에게 명령을 하진 않는다. 하지만 민우의 친구 선빈은 언제나 명령만 해왔다. 언제나 그랬다. 민우는 명령을 한 번도 어긴 적이 없다. 지금까지 단 한 번도. 그러니까 이번에도 그래야만 한다.

화장실에서 돌아와 미혜와 마주앉은 민우의 휴대폰에 다시 한 통의 문자 메시지가 전송되었다. 민우는 확인하지 않았다. 아주 잠시 동안만 자신이 갖고 있는 정상적인 생각은 내려놓기로 했다. 그러면 편해질 것 같았다. 선빈은 내 친구다. 나는 친구를 위해 어떤 일도 할 수 있다. 아무리 가슴 아픈 일이라 해도 친구를 위해서라면 얼마든지 할 수 있다. 민우는 자신을 잊기 위해 주문을 외우듯 되뇌었다.

"나 말이야. 욕심 같지만 너하고 자주 이런 시간 가졌으면 좋겠어."

미혜가 조금은 쑥스러운 목소리로 말했다.

"나…… 내가 지내는 곳이 한 번도 부끄럽다고 생각한 적 없었거든. 그런데 사실 네가 그곳에 같이 있으니까 조금 미안하고 그렇더라."

"……."

"너…… 친구들하고 거기 오지 말고 이렇게 다른 곳에서 나와 만나줄 순 없어? 꼭 이렇게 비싼 곳이 아니더라도 괜찮아. 내가 자주 가는 도서관 자판기 커피도 맛있어. 그 정도는 내가 매일 사줄 수도 있어."

"미혜야……."

"말해."

"부탁이 있어."

"뭔데?"

"……."

"답답해. 빨리 말해."

기대를 담고 있던 미혜의 눈이 커졌다. 민우의 어깨 너머를 보고 있었다. 미혜의 눈에서 미소가 빠져나갔다. 차갑게 굳어가는 미혜의 얼굴을 보며 민우는 도망치고만 싶었다. 화장실로, 아님 그 어디로든 이곳만 아니면 괜찮을 것 같았다. 하지만 그조차도 허락되지 않았다.

천천히 고개를 돌렸다. 선빈이 걸어오고 있었다. 나름 신경 쓴 헤어스타일에 고급 브랜드 옷으로 차려입은 모습이 소개팅을 위해 준비한 흔적을 역력히 내비쳤다.

선빈이 자리에서 일어서려는 민우의 어깨에 잡아 눌렀다.

억지로 자리에 앉은 민우가 미혜의 표정을 살폈다. 미혜는 눈치가 빠른 편이었다. 민우가 마지막으로 말한 '부탁'이란 의미가 무엇인지 이미 짐작한 듯했다.

"네가 말한 부탁이 이런 거야?"

민우는 대답하지 못했다. 대신 힘겹게 고개를 끄덕였다. 그 순간 미혜의 눈동자가 단 한 번 심하게 흔들렸다. 선빈이 민우의 어깨에 손을 올린 채 말했다.

"수고했으니까 가서 나 마실 거 시켜와. 시원한 걸로."

"……."

"알아들었으면 빨리 빨리 움직여. 나머진 내가 알아서 할게."

그제야 민우는 선빈으로부터 자유의 몸이 될 수 있었다. 자리에서 일어선 민우가 미혜를 다시 한 번 쳐다보았다. 미혜는 내내 민우를 보고 있었다. 민우는 미혜를 뒤로 한 채 힘겹게 걸음을 옮겼다. 그리고는 여전히 유효한 친구의 명령을 지키기 위해 카운터로 걸어갔다. 미혜에게 말을 걸며 어색하게 내지르는 선빈의 웃음소리가 민우의 귓속을 날카롭게 파고들었다.

바이크 경주

상황은 변하지 않았다. 선빈과 에이 클럽의 아이들은 여전히 야간자율학습이 끝나면 학원을 가거나 서초동과 동작동 일대에서 바이크 질주를 즐겼으며, 주말이면 홍대, 신촌 근처의 클럽에서 대학생 누나들과 함께 어울리는 것으로 시간을 보냈다. 그리고 어김없이 새벽 1시나 2시가 되면 동작동 재건축 예정구역에 위치한 미혜네 다세대주택에 모였다.

그곳은 일종의 아지트였다. 선빈의 말을 빌리면 다양한 인생 체험을 맛보게 해줄 수 있는 별다른 곳이었다. 그렇지만 그곳은 그 누군가에겐 별장이 아닌 삶의 전부였다. 할아버지가 매일 새벽마다 홀로 어둠뿐인 재건축 예정구역을 돌아다니는 이유도 그랬다. 할아버지에게 그곳은 생존의 공간이었다. 다양한 인생 체험의 공간이 아닌. 그 생존의 공간에 미혜도 함께였다.

미혜는 그날 이후 별다른 변화를 보이지 않았다. 변함없이 책을 읽었고 늦은 오후가 되면 구립 도서관에 가고, 저녁이 되면 편의점에서 아르바이트를 했다. 그리고 전기, 수도, 가스 등이 끊겨버린 다세대주택 반지하에서 기약할 수 없는 무책임한 약속만 남긴 아버지를 기다렸다. 그렇게 하루하루가 덧없이 지나갔다.

그렇다고 모든 것이 다 똑같은 건 아니었다. 미혜의 옆에 다른 존재가 들어온 것이다. 선빈이었다.

선빈은 에이 클럽 친구들에게 자신과 미혜가 사귄다는 말을 공공연히 떠들고 다녔다. 그것은 일종의 선포였다. 다른 멤버들은 선빈의 선포에 별다른 토를 달지 않았다. 의아해하기는 했다. 선빈이 제법 잘사는 대학생 누나들과 교제해왔던 일, 그렇지 않아도 서초동 일대에서 손꼽히는 준재벌 아들로 속하는 덕에 그 비슷한 수준의 여자 아이들만 사귀어오던 전력에 비추어 봤을 때, 선빈이 미혜를 사귄다는 건 정말이지 의외의 사건이었다.

민우는 분명 미혜에게 모호한 태도로 일관해왔다. 미혜의 솔직한 감정에 긍정도 부정도 하지 않았었다. 게다가 마지막에 보여준 태도는 미혜에게 더할 수 없는 실망감을 줬을 것이다. 자신의 솔직한 감정을 조롱하듯 선빈을 대신 사귀라고 부추긴 것이 전부였기 때문이다.

미혜가 느꼈을 배신감에 대해 민우는 어떻게든 사과하고 싶었다. 그렇지만 기회는 좀처럼 생기지 않았다. 그와 함께 이해하기 어려운 실망감과 야속함이 민우의 가슴을 아프게 파고들었다. 뻔뻔한 줄 알면서도 민우는 기대하고 있었다. 수많은 복잡한 생각들로 가득했지만 의외로 민우의 실낱같은 기대는 단순했다. 자신의 나약하고 비겁한 행동으로 친구 선빈을 소개시켜 주었지만 미혜가 선빈을 남자 친구로 받아들이지 않았으면 하는 것이었다. 민우는 미혜가 그렇게 해주기 바랐다. 그동안 선빈을 봐왔으니 녀석이 어떤 성격인지 미혜도 잘 알고 있을 것이다. 민우뿐 아니라 어떤 친구들도 감히 선빈의 명령을 어기지 못한다는 것도 잘 알고 있을 것이다. 좋아서 그런 자리를 만든 게 아니라는 걸, 정말이지 어쩔수 없었다는 걸 미혜가 알아주기를 바랐다. 미혜가 선빈을 거절한다면, 그렇게만 된다면 선빈도 더는 자신과 미혜를 괴롭히지 않을 것 같았다.

미혜가 사진을 가르쳐달라고 부탁했을 때 주저한 자신이 참으로 한심했다. 민우는 미혜에게 사진을 가르쳐주고 싶었다. 함께 사진을 찍으러 다니고, 도서관에 가서 읽고 싶은 책을 함께 읽는 모습이, 도서관 휴게실 벤치에 나란히 앉아 자판기 커피를 마시는 모습이 그려졌다. 생각만으로도 행복한 모습이었다. 그럴 수 있다면 얼마나 좋을까. 정말 그러고 싶었다.

그러나 민우의 희망은 빠르게 깨졌다. 미혜는 민우가 자신에게 그랬던 것처럼 선빈에게 긍정도 부정도 하지 않았다. 선빈이 자신의 어깨를 끌어안고 에이 클럽 아이들에게 '내 여친이다. 건들지 마!'라고 이야기할 때에도 미혜는 아무 말도 하지 않았다. 모든 것이 수동적인 태도로 변했지만, 선빈은 미혜의 태도를 사귀자는 제안을 받아들인 것으로 이해했다.

그 후부터 미혜는 선빈의 바이크 뒤에 타기 시작했다. 에이 클럽 멤버와 함께 바이크를 타고 한강시민공원을 가고, 주말이면 영화를 보기도 했다. 민우도 항상 그들과 함께했다.

참석하고 안 하고는 선빈이 결정했다. 민우에겐 결정할 권리가 없었다. 마치 태어날 때부터 결정된 물리학 법칙처럼 선빈의 명령은 민우를 짓눌렀다. 선빈은 자신과 미혜가 사귀자마자 민우가 어울리지 않는다면 친구들이 뒷담화 깔 텐데 그런 소리는 듣고 싶지 않다고 했다. 그건 민우도 마찬가지였다. 미혜에 대한 자신의 감정이, 자신에 대한 미혜의 감정이 저속하게 사람들 입에 오르내리는 건 원치 않았다.

그런 이유로 선빈은 민우를 여전히 동작동, 자신이 임의로 결정한 에이 클럽 아지트에 출석할 것을 지시했다. 그리고 금요일 저녁마다 자신이 정해놓은 코스를 질주하는 바이크 대회에도 참석할 것을 요구했다. 아니, 명령했다.

명칭을 대회라고 붙였지만 그렇게까지 거창하진 않았다. 그렇지만 고등학생들의 내기치고는 액수가 정도를 넘어선 수준인 것을 보면 마냥 장난스럽게 생각할 수 있는 것도 아니었다.

금요일 저녁, 학원이 쉬는 날이기도 한 그 시간만 되면 선빈과 에이 클럽 친구들과 민우, 그리고 소문을 듣고 찾아온 다른 학교 녀석들이 바이크를 타고 임의로 코스를 정해 실력을 확인하는 나름의 형식을 갖추기 시작했다.

선빈의 바이크 실력도 알아주는 편에 속했지만, 에이 클럽의 멤버들은 민우의 실력도 만만치 않다는 걸 알고 있었다. 그러나 언제나 대회 승자는 정해져 있었다. 백전백승이란 표현이 어울릴 정도로 언제나 선빈의 승리였다.

적어도 다른 녀석들은 나름 최선을 다했다. 그러나 신호를 무시하고 차량 사이사이를 겁 없이 통과하며, 커브하기 바로 직전에 핸들을 꺾는 선빈의 동물적인 바이크 감각을 따라잡는 건 역부족이었다. 그랬기에 그들은 자신들의 실력 부족을 인정하며 선빈의 승리를 받아들였다.

그러나 민우는 달랐다. 민우는 선빈이 제대로 펼쳐 보이는 실력 이상의 실력을 갖고 있었다. 바이크를 섬뜩할 정도로 빨리 몰고 다니는 게 실력이라고 말할 수 있다면 말이다.

금요일 저녁의 질주가 시작됐다. 출발하기 전 민우는 선빈의 바이크 뒷좌석에 올라탄 미혜를 바라보았다. 헬멧을 쓰기 전 미혜가 민우에게 한마디 던졌다. 운전석에 앉은 선빈은 요란한 시동소리 탓에 제대로 듣지 못했지만, 민우의 두 귀는 미혜의 말을 똑똑히 들을 수 있었다.

"넌 이번에도 져줄 거야. 그렇지?"

그 말에 민우는 어떤 식으로든 답하고 싶었다. 하지만 미혜는 그 질문을 끝으로 대화의 문을 닫아버렸다. 헬멧을 쓰고 두 손으로 선빈의 허리를 감싸 안았다. 선빈의 바이크가 가장 먼저 출발했다. 다른 에이 클럽 멤버들이 '저 새끼, 또 먼저 출발한다'며 불만 섞인 푸념을 터뜨렸지만 으레 있던 일이라 별다르게 문제 삼지 않았다. 녀석들도 각자 여자 친구를 바이크 뒤에 태운 채 하나둘씩 출발하기 시작했다. 민우는 혼자였다. 혼자인 민우는 아주 잠시 동안 시동을 걸지 않고 생각에 잠겼다. 미혜의 말이 머릿속에서 이명처럼 집요하게 울려 퍼졌다.

민우의 바이크가 질주했다. 미친 듯이 내달렸다. 헬멧을 깊게 눌러쓰고 몸을 최대한 낮춘 자신의 몸이 마치 바이크와 하나가 된 것처럼 느껴졌다.

반포동 고속터미널 사거리에서 시작해 사당동을 경유, 보라매공원을 지나 다시 서초동으로 돌아오는 코스 중 민우는 단한 번도 정차하지 않았다. 사거리의 붉은 신호 따위는 무시하고 내달렸다. 곳곳에서 비명처럼 터져 나오는 클랙슨 소리조차 민우의 귀에 들려오지 않았다. 금요일 극심한 정체를 보이는 차량들 사이사이를 위태로운 곡예를 펼치듯 빠져나가는 동안 민우의 눈은 선빈의 신형 적색 바이크를 뒤쫓았고, 두 귀에는 미혜가 했던 단 한 마디 말만 머물러 있었다.

그렇게 달리자 어느새 목표 지점이 눈앞에 보였다. 마침내 보라매공원을 돌아 사당동 언덕길에서 민우는 선빈의 바이크를 추격할 수 있었다. 선빈는 민우의 바이크가 자신을 따라온 것을 확인했지만 여유만만이었다. 민우에게 손짓을 해보이며 자신을 추월해보라는 호기도 부렸다. 그것은 선빈의 실력이 막강해서가 아니었다. 민우가 절대로 자신을 추월할 수 없을 거라는 걸 잘 알기 때문에 여유로운 것뿐이었다.

하지만 민우는 이번만큼은 선빈을 이기고 싶었다. 그래야만 자신의 귓가를 맴도는 미혜의 말이 지워질 것 같았다. 그렇지 않으면 영원히, 계속해서 그 말이 자신을 괴롭힐지도 모를 것 같았다. 그러나 그것은 비겁한 변명이다. 선빈을 이겨 보이려는 건 단지 미혜의 말을 부인하기 위한 것뿐이었다. 미혜의 말을 부인하는 건 결국 민우 자신을 속이는 일이었다.

민우는 선빈에게 지금까지 져주기만 해왔다. 그것이 진실이다. 그리고 또 하나의 진실이 있다. 선빈에게 자신의 감정을 송두리째 넘겨버린 것. 민우는 그 사실을 인정하고 싶지 않았다. 그것을 덮어버리고 싶어 선빈을 이겨 보이려 하는 민우의 바이크가 어느새 선빈의 바이크를 넉넉히 추월해버렸다. 민우의 귓가로 선빈의 바이크에서 터져 나오는 경적음이 들려왔다. 순간 반사적으로 민우는 속도를 줄이려 했다. 하지만 끝내 속도를 줄이지 않았다.

그대로 내달렸다. 팔레스 호텔 옆 공영 주차장, 마지막 목적지까지 아무 생각도 하지 않았다. 그렇게 난생처음으로 금요일의 대회에서 민우가 가장 먼저 도착하게 되었다.

헬멧을 벗은 민우의 얼굴은 땀으로 흠뻑 젖어버렸다. 한동안 멍한 표정을 지었다. 불과 1분도 지나지 않아 선빈의 바이크가 목적지에 도착했다. 미혜도, 선빈도 모두 헬멧을 벗었다. 민우가 미혜를 물끄러미 바라봤다. 그녀도 민우의 시선을 피하지 않았다. 선빈이 잔뜩 골이 난 표정으로 혼잣말하듯 욕설을 내지르며 민우를 향해 달려들었다. 그때 다른 아이들의 바이크가 하나둘씩 들어오기 시작했다. 뭔가 말을 하거나 아님 민우의 뺨을 치려하던 선빈의 행동이 갑자기 주춤거리다가 멈췄다. 아이들은 민우가 1등으로 들어온 것에 대해 별다른 말을 하지 않았다. 화제를 돌려 다음 행선지에 대해 선빈에게 말을 건넸다. 마치 이번 대회는 무효라고 합의한 것처럼 보였다.

그제야 선빈은 화가 누그러진 듯 아이들이 있는 쪽으로 다가갔다. 민우는 내내 미혜를 보고 있었다. 미혜가 먼저 시선을 피했다. 답답했다. 민우는 참을 수 없는 답답함을 느꼈다. 그리고 자신이 1등으로 들어온 사실이, 난생처음으로 선빈을 이겨낸 바로 지금이 수치스러워 견딜 수가 없었다. '난 널 선빈에게 져주기 위해 놓아준 게 아니야. 난 진심을 말하는 거라고.' 그렇게 말하는 그 자체가 너무나 끔찍한 변명이었기 때문이다.

*
*

"왜 거짓말을 해?"

"무슨 말이야."

태민의 여자 친구 유리가 물었다. 수신자는 민우였다.

바이크 질주를 끝낸 뒤 민우와 선빈, 형우와 성식 등은 언제나처럼 동작동 재건축 예정구역, 할아버지의 다세대주택을 들렀다. 그곳에서 선빈은 평소보다 많은 양의 맥주를 마셨다. 물론 미혜도 함께였다. 민우는 미혜에게 오늘 편의점 알바는 어떻게 된 거냐고 묻고 싶었지만 이젠 그런 걸 물을 수 있는 처지가 아니라는 생각에 괴로웠다.

선빈은 미혜와 함께 반지하 미혜의 방으로 내려갔다. 민우는 여전히 3층에 남아 있었다. 여전히 누가 시킨 것도 아닌데 창가 난간에 걸터앉아 할아버지의 등장을 지켜봤다.

태민이 잠든 사이 녀석의 여자 친구 유리가 민우에게 다가오더니 그의 옆에 앉았다. 그리고는 민우를 쳐다보았다. 민우와 유리는 거의 대화를 나눠본 적이 없었다. 그런 마당에 이런 식으로 상대방을 빠하게 쳐다보는 유리가 무슨 말을 할지 궁금하기도 했지만 무엇보다 어색했다.

'거짓말이라니. 내가 무슨 거짓말을 했다는 거지.'

민우는 억울했다. 하지만 유리의 이어지는 말을 듣자 민우는 더 이상 변명할 말을 찾지 못했다.

"미혜가 널 좋아하고 있다는 거 넌 알고 있었잖아. 아니야?"

"……."

"그런데 너 왜…… 가만히 있어?"

"뭘?"

"미혜가 선빈이를 정말 좋아서 사귄다고 생각해?"

"어쨌든 둘이 함께 다니잖아."

"저게 언제까지 계속될 것 같아? 한 달? 두 달?"

"……."

"너희 같은 애들. 정말 싫어."

"우리 같은 애들?"

"태민이도, 너도, 여기에 언제까지 있을 건 아니잖아. 여기가 철거되고 나면 너희들은 돌아가겠지. 비싼 학원, 좋은 학교, 좋은 집, 아님 미국이나 호주 같은 곳으로. 하지만 미혜는 여기가 없어지면 갈 곳이 없어. 나는 뭐 다를 줄 알아? 학교 잘리고 유학 갈 수도, 대학 갈 형편도 안 되는 나 같은 애들은 정말 갈 곳이 없어. 그거 알아?"

"그걸 왜 나한테 말해."

"적어도 난 네가 미혜한테 진심인 줄 알았어. 그런 거 아니야? 지금 니 행동. 거짓말하고 있는 거 아니야?"

"……."

"대답해봐. 아니야?"

"글쎄……."

"……."

"나도 잘 모르겠어."

"모르겠다고?"

"그래, 모르겠어."

"……."

"정말 모르겠어……."

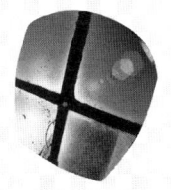

사진첩과 카메라

처음엔 몰라봤다. 민우는 주위를 두리번거렸다. 당사자를 바로 앞에 두고 당사자를 찾기 위해 주위를 두리번거렸다.

6개월 만에 다시 만난 유리는 많이 달라 보였다. 짙은 스모키 화장을 한 것이나 펑크스타일로 연출한 헤어스타일 때문에 유리를 알아보지 못하는 건 피상적인 이유에 불과했다. 민우가 유리를 알아보지 못한 진짜 이유는 보이지 않는 마음의 이유 때문인지도 몰랐다. 유리도, 민우도 서로를 알아보지 못하는 사이가 되어야 한다는 걸 약속했다는 이유가 의도적으로 유리와 민우 사이의 관계를 초면인 것처럼 어색한 관계로 되돌려놓았다고 보는 것이 더 정확할 것이다.

실제로 그랬다. 유리는 민우에게, 그리고 선빈과 어울렸던 에이 클럽 멤버들 사이에 없는 존재가 되어야 했다. 유리를 중인으로 세우는 게 재판에 도움이 되지 않을 것으로 판단한, 더 정확히 말해 선빈의 신변에 불리하게 작용할 것으로 사건을 담당한 변호사는 미혜의 유일한 친구 유리를 찾기 어려운 인물로 처리할 것을 요구했다. 유리가 가족 관계 면에서 미혜와 엇비슷한 처지라는 사실도 법원으로 하여금 그녀의 증인 출석을 어렵게 만드는 데 한몫을 담당했다.

유리는 부모님의 이혼 후 거의 소재 불명의 신분으로 살았다. 고등학교를 진학하지 못한 후부터 유리는 엄마 아빠 누구의 보호도 받지 못하는 가출 청소년 생활을 시작했다. 태민을 만났던 곳도 고속터미널역 근처에서였는데, 그때부터 유리는 이미 가출 생활을 하고 있었다.

상황이 그랬으니 법원 역시 유리 부모님에게 딸이 있는 곳을 확인하면 증인 신분으로 법원에 출석할 것을 요청했지만 딱히 분명한 답을 들을 수 없었다. 그런 이유로 법정은 유리의 존재를 증인 목록에서 아예 지워내는 분위기였다.

따라서 이런 분위기 속에서 유리는 재판에서 불리하게 작용될 증인으로 낙인찍혔다. 선빈의 부모와 민우의 엄마는 비단 민우뿐만 아니라 에이 클럽에 가입되었던 대명고등학교 학생들로 하여금 유리와 더 이상의 친구 관계를 이어가지 말 것을 강요했다. 그건 유리에게도 마찬가지 사항이었다.

그래서일 것이다. 6개월이란 시간은 결코 긴 시간이 아니다. 사람의 얼굴도 못 알아보거나 인사말도 제대로 주고받지 못할 정도로 어색해질 기간이 결코 아니다. 그럼에도 민우와 유리의 만남은 정말로 어색했다.

민우는 이 어색함이 장소 탓이려니 생각을 고쳐먹으려 했다. 사실이 그렇기도 했다. 동대문 쇼핑몰 4층에 있는 한 여성 의류전문 매장에서 아르바이트 점원으로 일하는 유리는 제법 모여든 손님들 시중을 드느라 정신이 없었다. 손님들이 원하는 사이즈를 찾아주고 색상을 봐주고 피팅룸을 정리하는 모습이 한 걸음 물러선 민우에게 또 다른 낯설음으로 다가왔다. 낯설었지만 나름 보기 좋다고 민우는 생각했다. 유리는 익숙하게 손님들을 '언니'로 불러가며 응대했고, 손님들과의 가격 흥정에도 능숙하게 임했다.

둘은 서로를 알아본 후 거의 10분이 넘어서야 제대로 된 대화를 할 수 있었다. 같은 부스에서 일하는 직원으로 보이는 여자가 나타나자 유리는 식사를 하겠다며 부스를 나올 수 있었다.

그렇게 부스를 빠져나온 유리는 식당으로 가지 않았다. 자신을 따라나선 민우와 함께 매장 복도를 말없이 걷다가 복도 끝 엘리베이터 옆에 위치한 벤치에 자리를 잡고 앉았다. 민우가 묻지도 않았는데, 유리는 자판기에서 음료수 두 캔을 뽑아 민우에게 건넸다. 그리고 먼저 말문을 열었다. 6개월 전 창가 난간에 앉아 있던 민우에게 말을 건네듯이 퉁명스럽고 건조한 말투였다.

"비슷하네."

"뭐가?"

"미국 갔다 왔다며. 외국 나가면 뭐 좀 달라질 줄 알았는데 넌 여전하다고."

"어떻게 알았어. 태민이가 말했어?"

"너 미국에 갔다 온 거?"

"응."

"니네 엄마가 나한테 전화했었어."

"……."

엄마가 그것만 얘기하진 않았을 거란 짐작이 들자 민우는 또다시 침묵했다. 무언가를 다시 묻거나 답하기가 어려워졌다. 민우의 엄마 성혜가 유리에게 말하고자 했던 용건은 분명했을 것이다. 그날의 기억을 깡그리 잊어달라는 것, 그 당부가 유리에게 어떤 의미였을지 생각하자 민우의 마음은 더욱 무거워졌다. 그 당부는 하나뿐이던 친구의 죽음을 더 이상 기억하지 말라는 뜻이며, 더 나아가 진실 같은 건 말하지 말아야 한다는 거짓의 강요였다. 잠시 후 유리가 침묵을 깨고 말을 이었다.

"내가 전화해서 놀랐어?"

민우는 어젯밤 한 번도 본 적 없는 전화번호가 휴대폰 액정에 떠오른 것을 기억했다. 유리가 자신에게 전화를 할 거라곤 상상도 하지 못했기 때문에 유리의 전화를 받았던 순간 민우는 당황했다. 지금 유리가 그 당황함에 대해 묻고 있었다. 민우는 가볍게 고개를 가로저었다.

"아니."

"그럼 내가 왜 만나자고 하는지는 알아?"

"글쎄."

"야! 김민우."

"……."

"넌 정말 글쎄라는 말밖엔 할 줄 모르냐?"

유리와 눈을 마주했다. 유리의 눈빛 속엔 야속함이 가득했다. 그녀가 계속 말을 이었다.

"하긴 너한테 이런 말하는 나도 잘한 거 하나 없지……. 친구가 죽었는데…… 이렇게 아무것도 하지 못하고 옷이나 팔고 있으니."

민우는 유리의 말이 마치 자기 자신의 독백처럼 들렸다. 친구가 죽었는데…… 친구가 죽었는데…….

말없이 고개를 숙이고만 있던 민우에게 유리가 무언가를 그의 숙인 얼굴 앞에 내밀었다. 익숙한 한 권의 책과 민우가 미혜에게 준 마지막 선물이었던 캐논 카메라였다. 한 권의 책은 민우의 사진들이 담겨 있는 대명고등학교 사진동아리 창작집이었다. 그동안 잊고만 있었던 책과 카메라를 발견한 민우가 자신도 모르게 낮은 목소리로 중얼거렸다.

"사진…… 이네."

"기억나? 미혜가 즐겨 보던 거야. 보고 또 보고, 보고 또 보고……."

"응. 기억해. 그런데 이걸 왜?"

"네가 봐야 할 것 같아서."

"이걸?"

"미혜네 집에서 갖고 나온 유일한 거야. 유품…… 같은 거지."

"……."

"민우. 네가 읽어주길 바라는 것 같아. 그 책과 카메라가."

"고마워……."

민우의 대답이 끝나는 순간 유리가 자리에서 일어났다.

"오래 못 있어 씨발……. 여기 사장은 알바가 밥 먹는 시간도 아까워한다니까."

"어제 그 번호 말이야."

"너한테 전화한 휴대폰?"

"응. 유리 네 번호야?"

"여기서 같이 일하는 점원 언니 꺼야."

"그럼 넌? 휴대폰 없어?"

"없어."

"……."

"있어도 연락하지 마."

"유리야……."

"너, 증언했어?"

"아직……."

증언이란 한 단어를 꺼내는 유리도, 그 말을 듣는 민우 모두 표정이 어두워졌다. 피할 수 없는 순간을 마주한 것뿐인데도 그랬다. 자리에서 일어선 유리가 민우를 내려다보며 힘겹게 말을 이었다.

"거짓말은 하지 마. 이번만큼은……."

"……."

"나, 이런 말할 자격 없는 거 알아. 하지만……."

"……."

"넌 정말 그러지 마. 부탁이야."

"……."

"조심해서 가."

유리가 신은 굽 높은 하이힐 소리가 복도 전체에 울려 퍼졌다. 한동안 민우는 유리의 뒷모습만 바라보았다. 유리는 그렇게 한참 동안 민우의 시선 속에 머물다 사라졌다. 미혜가 그랬

듯이. 민우는 유리가 건네준 캐논 카메라 안에 담긴 사진들을 확인했다. 열 장 남짓한 사진이 찍혀 있었는데, 모두 민우 자신이 찍힌 사진들이었다. 자신을 바라보며 셔터를 눌렀을 미혜의 모습이 비록 피사체 안엔 담겨 있지 않았지만 민우의 가슴을 고동치게 했다. 미칠 것 같은 슬픔이 민우의 온몸을 사로잡았다. 그 순간 미혜의 말들이, 미혜의 모습들이 막힌 댐이 열리듯 민우의 떨리는 손끝으로 불가항력으로 쏟아져 내렸다. 그렇게 사진첩과 캐논 카메라를 쥔 민우의 손이 가냘프지만 분명하게 떨리고 있었다.

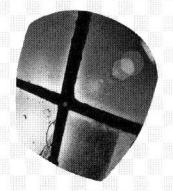

할 말이 있어

고작 한 달이다. 선빈이 민우의 우유부단한 사랑을 강탈해 간 지 한 달 만에 선빈 곁에는 미혜가 아닌 다른 여자아이가 있었다. 지난번 신촌 근처에서 만난 여자아이라고 떠벌리고 다니는 선빈의 머릿속엔 어느새 미혜에 대한 흥미는 사라진 것처럼 보였다. 민우만이 아닌 다른 친구들도 그렇게 짐작했다. 선빈의 친구들인 태민과 성식, 형우, 그 외 다른 에이 클럽 멤버들 모두 선빈의 성격을 잘 알고 있었다. 모든 일에 성급하게 호기심을 느끼고 그 성급함만큼이나 빠르게 흥미를 잃어버리는 성격. 이성 교제 역시 그 모든 일 중 하나였다. 금방 흥미를 잃어버리는. 빠르면 일주일, 정말 오래가면 미혜의 경우처럼 한 달, 최대 한 달만 지나면 선빈은 일방적으로 상대를 멀리하고 차갑게 대했다.

민우의 기대는 무엇이었을까. 선빈이 한 달을 넘기지 못하고 미혜에게 싫증을 느끼기만을 기다렸던 것일까. 민우는 자신의 감정을 이해하지 못했고, 이해하고 싶지도 않았다.

그렇지만 자신의 생각과 다르게 움직이는 것이 있다. 바로 마음이었다. 민우의 마음은 어쩔 수 없이 미혜를 향하도록 되어 있었다. 선빈도 물러난 상태에서 비로소 미혜에 대한 자신의 감정을 숨기지 않아야겠다는 마음이 미혜의 주변을 더욱 노골적으로 맴돌게 만들었다.

더 이상 선빈의 바이크가 미혜가 일하는 편의점을 들르지 않는다는 사실을 알게 된 민우는 말없이 편의점 앞을 지키는 날이 많아졌다. 그러나 민우는 미혜에게 아무 말도 하지 못했다. 교대 시간이 되어 편의점 유니폼을 벗고 사복 차림으로 나온 미혜를 보며 그저 묵묵히 바라보기만 할 뿐이었다. 민우는 그녀의 처분만을 기다렸다. 미혜가 이전처럼 아무 일 없다는 듯, 한 달 전 그때처럼 자신에게 털털한 목소리로 말을 건네고 익숙한 동작으로 자신의 바이크 뒤에 타주기만을 간절히 기다렸다.

하지만 미혜는 더 이상 민우의 바이크에 함께 타지 않았다. 말을 건네지도 않았다. 그렇다고 민우를 경멸하거나 조롱의 눈빛으로 쳐다보지도 않았다. 미혜는 민우를 외면했다. 그것이 민우를 위한 것인지, 그녀 자신을 위한 것인지는 정확하지 않았지만, 미혜는 그렇게 반응했다.

어둠뿐인 철거예정구역 언덕길 위를 미혜와 민우가 2미터 정도의 간격을 두고 걸어 올라갔다. 선빈과 헤어지고 난 이후 거의 매일 있던 일이다.

민우는 손으로 바이크를 끌며 힘겹게 언덕길을 올랐다. 바이크 라이트를 비춘 채로. 라이트 불빛은 앞서 언덕을 올라가는 미혜의 길을 훤히 밝혀주었다. 따가울 정도로 강렬한 백색 라이트가 동작동 언덕길을 비추었고, 민우는 숨이 벅찬 듯 거친 호흡소리만 이따금씩 내뱉으며 미혜가 가는 길을 밝혀주고자 했다.

미혜는 고맙다는 말을 하지 않았다. 반대로 '다신 이딴 짓하지 마라'는 식의 화도 내지 않았다. 어느새 민우는 미혜의 부정도 긍정도 하지 않는 상태가 편해지기 시작했다. 기분이 나쁘거나 화가 나지도 않았다. 그저 모든 것을 받아줄 것만 같은 침묵이 도리어 민우의 마음을 안도하게 했다.

하지만 선빈과 에이 클럽 아이들이 미혜네 재건축 예정구역을 찾는 일이 눈에 띄게 줄어들면서부터 자연스럽게 미혜의 귀갓길 배웅도 줄어들기 시작했다. 민우는 혼자서는 차가운 침묵으로 자신을 대하는 미혜의 집으로 함께 들어갈 엄두를 내지 못했다. 에이 클럽 아이들은 일주일에 한두 번씩, 그것도 선빈의 기분이 내킬 때 새벽에 들르는 것을 제외하고는 동작동 다세대 집을 찾지 않았고, 민우도 에이 클럽 멤버가 모일 때에만 미혜를 볼 수 있었다.

이번에도 역시 한 달짜리 여자 친구였지만 선빈은 미혜의 존재를 찜찜하게 생각했다. 명분은 기말고사 기간이며, 이제 더 이상 냄새나는 철거예정지역에서 노는 일이 지겨워졌다는 거였다. 하지만 이전까지는 그런 마음이 생기지 않았다가 지금에서야 떠오르는 데엔 미혜와 공식적으로 헤어진 사실이 적잖게 작용하는 모양이었다.

민우는 그 외 또 하나의 이유가 있다고 짐작했다. 선빈이 그곳에 가는 것을 꺼리게 된 결정적인 요인은 미혜의 태도 때문인지도 모른다고 생각했다. 선빈이 다른 여자 친구를 미혜의 집으로 데려온 것으로 그녀에게 우회적으로 절교를 선언했을 때, 미혜는 지나치게 담담했다. 이제껏 선빈이 사귀어오던 다른 여자들은 그렇지 않았다. 울며 사정하거나 부모님한테 다 말해버리겠다고 협박하는 아이도 있었다. 하나같이 선빈에게 일방적으로 이별을 통보받았고, 이에 대해 당황해서 불같이 화를 내든 아님 사정하든 어떤 식으로든 반응을 보여왔었다.

하지만 미혜는 그 반대였다. 정말이지 아무 반응도 없었다. 미혜에게 지루해진 선빈이 어느 날 새벽 동작동 다세대주택 3층에 못 보던 여자아이를 데리고 왔던 그날에도, 여자아이와 함께 캔 맥주로 러브 샷을 하며 입맞추는 장면까지 바로 옆에

서 보았음에도 미혜는 화를 내지도, 울지도 않았다. 달라진 선빈의 태도를 다시 한 번 확인하고는 반지하 자신의 방으로 내려가는 것 말고는 별다른 말도 없었다. 그것으로 사이가 정리된 것을 서로에게 분명히 한 것이다.

선빈은 미혜가 다른 여자들 같이 자신에게 사정하거나 매달리지 않는 모습을 보고 기분이 적잖이 상한 모양이었다. 누가 보아도 티가 날 정도로 선빈은 미혜가 자신에게 화를 내거나 아무 반응이라도 보일 것을 유도하기 위해 매번 다른 여자아이들을 데려왔고 더욱 위악을 부려댔다. 그렇지만 돌아오는 건 미혜의 매번 똑같은 답변뿐이었다.

"할아버지 올 때 됐어. 대충 하고 돌아가."

선빈은 자존심이 상했지만, 그것조차 끈기 있지 못했다. 무엇보다 밤마다 바이크를 몰고 다니며 담배와 술로 시간을 보내기는 하지만, 원만한 미국 유학 준비와 학교 내신 성적에 신경을 써야 하는 선빈의 입장이 미혜에 대한 집착을 시큰둥하게 만들어버렸다. 기말고사를 앞두자 선빈을 비롯한 태민과 성식 모두 집에서 특별 과외를 받아야 했기 때문에 모이는 일이 생각보다 쉽지 않게 되었다. 특별 과외를 받아야 하는 건 민우도 마찬가지였기에 그 역시 출입이 뜸해졌다. 그 때문에 미혜는 혼자 남게 되었다. 가로등 불빛 한 점 없는, 전기와 가스 공급 중단이 여전히 계속되고 있는 그곳에 말이다.

기말고사 마지막 날. 민우는 더 이상 그 침묵을 이어가고 싶지 않았다. 미혜네 다세대주택에 발걸음을 끊은 지 열흘째 되던 날이었다.

선빈은 더 이상 그곳에 가지 않을 것처럼 보였다. 기말고사 때문이기도 했지만 이제 해만 넘기면 고3이 되는 시기였던 탓에 더 이상 집에서 시간을 허락하지 않을 것이 뻔했다. 이런 사정을 너무나 잘 알고 있던 민우였다. 집안끼리 가까울수록 원하지 않아도 선빈의 집안 사정을 훤히 알게 되었기에 얻을 수 있는 정보였다. 선빈의 신변에 대한 것들.

민우는 미혜와 단둘이 있게 되는 것을 더는 두려움으로 받아들이고 싶지 않았다. 그래야 한다고 생각했다. 자신이 언제까지라도 복종해야 할 친구인 선빈이 찾지 않는 그곳에 찾아가기로 했다. 민우는 미혜가 자신을 비겁하다고 욕해도 상관없고, 이제야 뒤늦게 고백하려는 우유부단한 녀석이라고 손가락질을 해도 아무 거리낌이 없을 거라 확신했다. 미혜가 아무리 심하게 말한다 해도 그 말이 사실이기 때문이다. 오히려 이제는 미혜가 자신에게 욕을 하든, 어떤 말을 하든 그렇게라도 반응해주길 원했다. 그렇게라도 해서 둘 사이에 가로막혀 있는 어색함의 벽을 허물고 싶었다. 민우는 확신했다. 그것이 미혜를 처음 편의점에서 만났던 순간부터 지금까지 자신의 마음을 설레게 했던 솔직한 감정에 대한 예의라는 사실을.

그날 민우는 열흘 동안 세워만 두었던 바이크를 몰고 거리로 나왔다. 기말고사 시험을 어떻게 보았는지는 생각하지 않았다. 민우는 시험 결과를 묻는 엄마 성혜의 문자 메시지에 신경 쓰고 싶지 않아 아예 휴대폰을 집에 두고 나와버렸다.

바이크를 몰고 거리로 나온 민우는 망설이지 않았다. 오직 자신에게 주어진 종착지를 향해 내달리는 경주마처럼 민우의 바이크는 곧장 목표했던 그 한 곳을 향해 질주했다.

어스름한 저녁놀이 하늘 저편을 온통 붉게 물들어버린 그곳에 도착하자마자 민우는 헬멧을 벗어던지고는 편의점으로 들어갔다. 처음 미혜를 만났던 곳, 미혜가 처음으로 자신에게 말을 걸어왔던 곳. 편의점으로 성큼 들어간 민우 앞에 미혜가 서 있었다.

"할 말이 있어."

한 달 동안 계속되던 둘 사이의 침묵이 깨져버리는 순간이었다. 입을 여는 건 의외로 쉽고 간단했다. 하지만 그다음이 문제였다. 약간은 놀란 얼굴로 자신을 바라보는 미혜와 정면으로 눈을 마주하자 민우는 다음 말을 잇지 못했다. 숨이 막혀왔고 주변 사물 모든 것이 시커먼 암흑천지로 돌변했다. 그런 민우를 더욱 막막하게 만드는 미혜의 답변이 들려왔다.

"듣고 싶지 않아."

"들어야 돼."

"왜 그래야 하는데?"

"들어줘."

"……."

"마지막 부탁이야."

간절했다. 한 낱말 한 낱말을 뱉어내는 게 너무나 힘들었지만, 그래서 민우는 더욱 간절했다. 마음속에 내내 담아두었던 그 말을 하고 싶어 견딜 수 없었다.

미혜는 냉담했다. 민우는 미혜의 어두운 얼굴에서 자신에 대한 실망의 농도를 짐작할 수 있었다. 미혜는 민우에게 절망했던 것이다. 그것도 아주 철저히.

결국 민우는 밖으로 나와버렸다. 자신에게서 시선을 돌리는 미혜에게 더 이상 말을 이어나갈 자신이 없었다. 그렇게 쓰러지듯 밖으로 나온 민우는 자신의 바이크에 가까스로 걸터앉았다. 그 순간 몇 개의 헤드라이트 불빛이 민우의 시야를 어지럽게 밝혔다. 눈살을 찌푸린 민우 앞으로 몇 대의 바이크가 다가왔다. 민우는 믿을 수 없다는 듯 눈을 크게 뜨고 자신을 향해 다가온 바이크 운전자들을 지켜보았다. 익숙한 모양, 익숙한 엔진 소리, 잔인할 정도로 익숙한 말투. 선빈과 에이 클럽 멤버들이었다.

기말고사를 끝낸 이들이 다른 곳을 들르지 않고 바로 동작동 재건축 예정구역을 찾아온 것이었다. 놀란 눈으로 선빈을 바라보는 민우에게 헬멧을 벗은 선빈이 말을 건넸다.

"개새끼. 폰도 안 받고 개기더니 고작 여기 와 있는 거냐?"

이번에도 선빈에겐 동행이 있었다. 뒷좌석에 어김없이 새로운 여자 친구가 타고 있었다.

"어떻게 초저녁부터 온 거야?"

민우의 질문에 선빈 대신 성식이 답했다.

"씨발! 모처럼 기말고사 끝나서 돼지도록 놀려고 했는데, 단속기간이란다. 할 수 없이 여기로 왔지. 뭐 별수 있냐."

이번엔 태민이 편의점 쇼윈도 안을 들여다보며 선빈에게 말을 건넸다.

"저 궁상맞은 계집애 알바 끝날 때까지 기다려야 하는 거야? 그냥 먼저 들어가 있으면 안 돼?"

"야, 씨발! 그래도 명색이 지네 아버지 집이래잖냐. 주인 없는 집에 먼저 들어가면 안 돼지. 여기서 맥주나 마시며 기다리자."

성식이 거들었다.

"씨발! 오늘 아주 먹고 마시고 죽는 거야. 먼저 집에 들어가는 새끼 죽을 줄 알아."

"새끼, 술도 제일 약한 놈이 나서고 지랄이야."

에이 클럽 멤버들이 욕설이 섞인 대화를 주고받으며 파라솔 위에 캔 맥주와 담배를 함께 펼치는 동안 민우는 원망스럽고 야속한 눈으로 선빈을 바라봤다. 하지만 선빈은 민우의 시선을 짐작조차 하지 못했다. 새로 사귄 여자 친구에게 귀엣말을 속삭이며 환심을 사는 데 정신이 없었기 때문이었다.

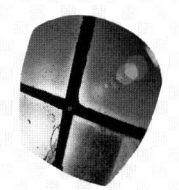

모두 다
괜찮아질
거야

꿈이라고 믿고 싶었다. 차라리 꿈이었으면. 그게 아니라면 정말 두 눈 부릅뜨고 대할 수 있는 명백한 현실이었으면 좋겠다고. 그렇게 믿우는 기도했다. 이 세상, 이 세상 밖 그 무엇에게라도. 그러고 싶었다.

꿈도 현실도 아닌, 환각 속에서 민우를 사로잡은 건 미혜와 함께하는 순간이었다. 한 폭의 수채화를 보는 것 같은 장면이었다. 아름드리나무들이 무성한 곳. 푸르른 언덕 위로 산들바람이 불어오는 그곳을 민우와 미혜가 다정하게 걷고 있었다. 저런 곳을 과연 어디에서 보았을까. 환각 속에서도 민우는 그 푸른 언덕이 영화 속 한 장면은 아닌지 생각하기도 했다. 하지만 영화에서도, 현실에서도 그 정도로 넓고 짙푸른 언덕을 본 적이 없었다. 그러므로 오직 그곳은 자신의 세계 속에서, 자신이 오랫동안 품어왔던 미혜에 대한 감정이 아름다운 자연으로 구체화된 곳이었다. 민우는 그렇게 믿기로 했다.

푸른 언덕의 중심에서 미혜가 먼저 멈춰 섰다. 민우도 따라 멈췄다. 뒤돌아선 미혜가 환한 미소로 민우를 맞이했다. 자신에게 사진을 가르쳐달라며 수줍게 웃던 그 미소를 닮았다고 민우는 생각했다. 그러자 잔뜩 긴장했던 마음이 눈 녹듯 풀어졌다. 그와 함께 미혜가 자신의 마음을 받아준다는 느낌도 들었다. 비겁하고 약해도, 그런 자신을 끌어안아줄 거라는 믿음이 생겼다. 자신의 생각과 바람은 현실이 될 것이다. 자신을 향해 환한 미소를 지어 보인 미혜가 민우를 힘껏 끌어안아준 것이다. 비록 이 현실이 환각이라 해도 민우는 황홀했다. 민우는 때로는 여자 친구의 풋풋함이, 엄마의 포근함이, 언제나 자신의 편이 되어주는 누나의 따사로움 같은 편안함에 민우는 도취되었다.

민우는 아찔함을 느꼈다. 지금까지 한 번도 시도하지 않았었다. 선빈이 몇 정 삼키다가 내버린 신경안정제 캡슐 하나를 손에 쥔 민우가 처음으로 그것을 자신의 입에 털어 넣었다. 그때 민우는 여전히 미혜의 다세대주택 3층, 창문 난간에 앉아 있었다. 그녀에게 여전히 아무 말도 하지 못한 채, 에이 클럽 멤버들과 함께 이곳으로 올라온 민우가 난생처음으로 환각증세를 일으키는 약물을 몸속 깊숙이 밀어 넣은 것이다.

순간 아찔했고, 몸이 하늘 위로 붕 떠오르는 것 같았다. 기분이 좋았다. 누군가 걱정 어린 시선으로 자신을 바라보았지만, 그렇게 자신을 바라보는 게 언제나처럼 거실 한구석에 웅크리고 앉아 책을 읽던 미혜란 것도 알았지만, 그랬지만 민우는 기분이 좋았다. 갑자기 숨이 막히고 눈앞의 사물을 제대로 볼 수 없어도 싫지 않았다. 현실과 꿈, 그 어딘가에서 나타난 미혜가 자신을 안아주며 환하게 웃어주었기 때문이다. 그녀가 자신의 볼에 입을 맞추며 따뜻하게 말해주었기 때문이다.

"괜찮아. 모두 다 괜찮아질 거야."

창문 난간에 머리를 기댄 채 민우는 눈을 감아버렸다. 그때 민우의 손에 쥔 약봉지가 바닥에 떨어졌다. 민우는 잠시, 아주 잠시 죽음보다 깊은 잠에 빠져버렸다. 아주 잠시 동안이지만 그 순간은 행복했다.

그러나 민우의 행복은 결코 오래가지 않았다. 그 행복이란 것 역시 진짜 행복이 아니었다. 거짓에 불과했다.

민우가 다시 눈을 뜨는 순간 현관 앞에 시커먼 형체가 아른거렸다. 엄청난 두통을 느낀 민우가 머리를 한 번 세차게 휘저었다. 그리고는 다시 한 번 현관 앞 형체를 살폈다. 방금 전보다 훨씬 더 또렷해진 윤곽, 사람이었다.

주위를 둘러봤다. 거실 이곳저곳에 술과 약에 취한 에이 클럽 멤버들이 눈에 띄었다. 미혜가 놀란 눈을 크게 뜨며 자리에서 일어났다. 그리고는 현관 앞에 서 있는 그를 보며 다급한 말투로 말했다.

"할아버지!"

현관 앞을 가로막고 선 시커먼 형체의 주인공은 미혜가 부른 그대로 할아버지였다. 장은수란 이름을 가진 할아버지는 자신의 집을 무단으로 차지한 아이들을 보며 분노했다. 바닥 곳곳에 떨어져 있는 양주병, 약통, 바이크 헬멧, 담배꽁초 같은 것들을 차례로 바라보다가 참을 수 없었던지 현관 신발장 옆에 올려두었던 대걸레 자루를 손에 쥐었다. 그리고는 잔뜩 흙이 묻은 운동화를 벗지도 않은 채 현관 앞에 성큼 들어섰다. 민우 다음으로 정신을 차린 태민이 대걸레를 손에 쥔 할아버지를 보며 다급한 목소리로 소리치면서 아이들을 흔들어 깨웠다. 성식이가 일어났고 유리도 일어났다. 새로 데려온 여자아이 두 명까지 일어섰다. 마지막으로 선빈이 정신을 차리면서 일어나려 했다. 바로 그때였다. 할아버지가 아이들을 향해 대걸레를 휘두르기 시작했다. 태민이 가장 먼저 어깨와 머리통을 얻어맞고는 아우성쳤다. 성식과 형우, 그 외 두 명의 에이클럽 멤버들은 태민이 머리를 감싸 쥐며 괴로워하자 밖으로 도망갈 궁리부터 했다.

그러나 할아버지는 밖으로 나가려는 이들의 행동을 가로막았다. 현관 앞을 지키고 선 장은수는 필사적으로 대걸레 자루를 휘둘렀다. 주저앉는 녀석도 있었고, 허벅지와 엉덩이를 난타당해 외마디 비명을 지르는 녀석도 있었다. 미혜는 굳은 얼굴로 할아버지의 행동을 지켜보기만 했다. 적잖이 놀란 표정이었다. 한 번도 할아버지가 이런 식으로 친구들을 때릴 거라곤 생각하지 못했을 것이다. 말을 하지 않는 할아버지가 저렇게 화를 내는 것을 본 적도 없었을 것이다.

자리에서 일어서려던 선빈의 머리 위로 할아버지가 휘두른 대걸레가 적중했다. 불시에 머리와 어깨를 얻어맞은 선빈은 자리에 주저앉았다. 선빈이 할아버지를 노려보았다. 노여움으로 가득한 할아버지 장은수가 계속해서 선빈의 어깨죽지와 허리 부근을 내리쳤다. 순간 선빈이 옆을 바라봤다. 자신을 약간은 한심스럽다는 듯이 새로 데려온 여자 친구의 표정이 눈에 거슬린 모양이었다. 다시 한차례 자신을 때리려 하던 장은수를 향해 선빈은 거친 욕설을 퍼부으며 자리에서 일어섰다.

"이런 씨발 노인네, 이게 뭐하는 거야!"

선빈은 거기서 멈추지 않았다. 자신을 향해 대걸레를 휘두르려고 숨을 가다듬는 할아버지의 가슴을 향해 발길질을 했다. 순간 할아버지가 거실 바닥에 주저앉았다. 할아버지는 대걸레를 다시 집으려 했지만 선빈이 발로 멀리 걷어차버렸다.

"어디서 좇나 거지 같은 노인네가 설치고 지랄이야 지랄이. 씨발. 여기가 당신 집이야! 당신 집이냐고!"

거친 욕설로 채워진 선빈의 말엔 어른에 대한 최소한의 예의도 담겨 있지 않았다. 거친 숨을 내모는 할아버지를 향해 선빈의 발길질이 거칠게 날아들었다. 할아버지의 머리를 운동화발로 내리치는 순간 미혜와 유리, 여자아이들이 비명을 질렀다.

"왜 철거촌에 불법으로 뭉개고 앉아 자기 집인 것처럼 설치고 다녀 다니긴. 씨발! 쪽팔리게 얘들 보는 앞에서 사람을 때려? 당신이 뭔데? 씨발 냄새나고 돈 없는 늙은이 주제에 감히 누구 머릴 함부로 때려! 씨발. 아파 죽겠네."

러시안 룰렛

법정. 늦은 오후에 재개된 마지막 공판이 열리는 날이었다.

검사는 장은수의 김미혜 살해 혐의를 입증할 수 있는 마지막 증인으로 민우를 신청했었다. 민우의 증언을 끝으로 검사는 구형할 것이다. 아마도 무기징역에 가까운 구형을 내릴 것이라고 대부분 예상했다. 구형과 실제 판결은 차이가 있겠지만 이미 진행된 재판 과정만으로도 할아버지 장은수는 남은 여생을 교도소에서 보내게 될 것이다.

에이 클럽 멤버들을 비롯해 선빈까지 당시 동작동 재건축 예정구역을 오가던 아이들의 증인 심문은 모두 끝난 상태였다. 모두들 하나같이 약속이라도 한 듯 장은수가 김미혜를 홧김에 죽였다는 검사의 의도에 따라 증언했고, 거기에 장은수는 아무런 이의도 제기하지 않았다. 긍정도 부정도 하지 않는

푸른 죄수복을 입은 노인을 이제는 민우마저도 증인석에서 바라봐야만 했다.

민우가 증인으로 출석하는 마지막 공판에는 사건에 관계되는 거의 대부분의 인원이 방청객으로 참석했다. 그중엔 하루가 스물네 시간이라는 것이 원망스러울 정도로 잦은 미팅과 해외 출장으로 집에 들어오는 짬조차 내기 어려운 선빈의 아버지 박영효 회장도 참석했고, 바로 박 회장 옆에 하나뿐인 외아들 선빈도 앉아 있었다. 그리고 선빈의 엄마와 나란히 앉아 쉼 없이 무언가를 귀엣말로 주고받는 민우의 엄마 성혜까지. 이들은 모두 민우의 마지막 증언을 긴장을 늦추지 않은 눈길로 주목했다.

검사가 일찌감치 증인으로 요청했던 미혜의 유일한 친구 유리가 소재 불명으로 증인 출석이 어려워진 지금, 민우는 명실상부 그날 사고 현장에 함께 있던 에이 클럽의 마지막 남은 한 명이었다. 판사는 장은수의 국선변호인에게 먼저 심문 기회를 주었지만, 국선변호인은 검사의 심문 이후에 하겠다며 한 발 물러섰다. 몇 번에 걸친 재판이 시작되기도 전에 장은수의 국선변호인은 이미 할아버지의 범행 사실을 기정사실화한 상태에서 변호를 시작했다. 이렇게 변호 방향을 정한 이유는 선처를 호소하기 위해서였다. 어설프게 범행 사실을 부인하고 나서게 되면 도리어 괘씸죄에 몰릴 수도 있다는 생각에 국선변호인은 주로 장은수의 건강 상태, 특히 정신 상태가 정상이 아닐지도 모른다는 사실에 무게중심을 두어 선처를 호소하는 변론에만 집중했다. 선빈을 비롯한 다른 증인들에게도 물었던 대부분의 질문 역시 장은수가 보통 정상인보다 판단력이 낮다고 보이지 않느냐는 등의 유도 심문을 했고, 특히 장은수가 특별한 외상 병력도 없이 말문을 닫아버린 실어증과 유사한 증세를 보이는 이유가 정신적 문제와 오랜 우울증으로 인해 생겨난 점에 주목해달라며 선처를 호소했다.

사건은 절대적으로 장은수를 기소한 검사에게 유리했다. 그럼에도 검사가 한두 명이 아닌 사건 현장에 직간접적으로 관계된 이들을 모두 증인으로 신청한 이유가 있었다. 바로 결정적 증거가 부족했기 때문이다. 총기사고로 인해 사망한 것이 확실한 이상 총기의 지문감식이 절대적으로 필요했고, 이미 초동 수사에서 지문 감식이 이뤄졌지만 국립과학수사연구소에서 진행된 지문 감식의 결과는 의외였다. 할아버지가 불법으로 소지하고 있었다는 콜트 회전식 권총에서 감식된 지문은 죽은 미혜의 지문만이 유일했다는 감식 결과가 나왔던 것이다.

검사는 이 결과를 두고 장은수가 총구를 겨누자 이를 막으려고 미혜가 달려들었다는 식으로 추리했다. 그리고 증인들에게 그러한 상황 해석을 유도했다. 선빈은 그때 사건 현장 밖에 있었기에 총소리에 대해서만 질문할 수 있었고, 그건 다른 에이 클럽 멤버들 모두 일관되게 진술했던 바였다.

총소리가 들렸고, 미혜의 관자놀이에 한 발의 총탄이 박혀버렸다. 총에선 미혜의 지문만이 발견되고, 당시 다세대주택은 이미 강제퇴거가 집행되고 있었다.

검찰은 이런 상황에서도 여전히 자기네 집이라며 눌러앉아 있던 전직 경찰 공무원 출신인 장은수가 마지막까지 미혜와 함께 있던 사람이라는 사실을 증인들에게 심문하는 데 집중했다. 그리고 지금 마지막 증인 민우에게도 그와 똑같은 증언을 요구했다.

증언은 간단했다. 단지 검사가 질문하는 말에 각본대로 '예'라고만 답하면 되는 것이었다. 진실이 지워진 채 답하기만 하면 되었다.

"김민우 군."

"예."

"민우 군도 선빈 군과 같은 학교 친구였죠?"

"예."

"가끔 바이크를 타고 어울리기도 하고."

"가끔이 아니었어요."

"그럼?"

"거의 매일 들렀어요."

원하는 질문에 간단히 답만 하면 모든 것이 평화로울 것이다. 이것이 민우가 증인석에 들어서기 전 법정 밖에서 간절한 음성으로 말하던 엄마 성혜의 말이다. 하지만 민우는 엄마의 말을 그대로 받아들이기가 어려웠다.

증인, 증인이 무엇인가. 본 것을 그대로 말하는 사람이 아닌가. 본 것을 그대로, 있던 사실을 그대로 전달해야 하는 게 증인이다.

민우는 법정 내부를 한번 크게 둘러보았다. 선빈과 그의 아버지 박 회장이 잔뜩 굳은 표정으로 민우를 노려보았다. 민우가 이상한 소리를 하려는 걸 우려하는 표정이 역력했다. 민우는 그들의 표정과 눈빛을 더 이상 마주할 수가 없었다. 검사의 다음 질문이 바로 이어졌기 때문이다. 검사의 질문은 그야말로 대수롭지 않다는 듯 바로 사건의 핵심으로 성큼 들어섰다.

"그래요. 뭐 바이크야 매일 탈 수도 있고 가끔 탈 수도 있고. 그게 이 사건과 직접적으로 연관된 게 아닐 거예요. 그렇죠?"

"잘 모르겠습니다."

"그럼, 민우 군."

"예."

"사건 당일에도 친구 선빈 군과 함께 그곳에 갔었나요?"

"……."

"김미혜 양이 살해된 그곳 말이에요."

"예. 갔었어요."

"그럼 민우 군도 그때 미혜 양이 총기로 사망한 것을 보았나요? 새벽 2시경에요."

"예."

"다른 증인들의 말을 정리하면 새벽 2시에 그곳에 도착할 때 즈음에 총소리를 들었다고 했어요. 증인의 친구 선빈군은 사고 현장에 올라가서 창문을 보니까 피고인 장은수로 추정되는 한 남자가 급하게 뛰어가는 걸 봤다고 했고요. 증인도 총소리를 들었나요?"

"예."

"어디서 들었나요?"

"……."

"내 질문은 증인도 선빈 군과 다른 친구들처럼 다세대주택 밖에서 총소리를 들었냐 이 말이에요."

"……."

"대답하세요."

"……."

"증인."

"……."

"못 들었나요?"

"아니요. 들었어요. 듣긴 들었는데……."

"들었는데 뭐죠?"

바로 그때 민우의 눈엔 오직 한 사람밖에 들어오지 않았다. 장은수. 피고인의 신분으로, 여전히 단 한마디의 말도 하지 않는 늙고 초췌한 한 남자의 모습을 바라본 것이다. 장은수는 피고인석에 앉아 있는 내내 고개를 반쯤 숙인 채로 있었다.

그런데 그때였다. 민우가 답을 망설일 그때 장은수가 서서히 고개를 들어 증인석을 바라보았다. 장은수의 퀭한 눈빛, 지친 얼굴과 민우의 눈이 마주쳤다. 얼마 만인가. 순간 민우의 눈에서 눈물이 핑 돌았다. 알 수 없었다. 갑자기 왈칵 눈물이 쏟아질 것 같은 이 감정을 어떻게 이해하는 게 좋을지 너무나 힘들었다.

그러나 아무리 어리다고 해도, 우유부단하고, 겁 많고, 엄마 성혜의 지시를 한 번도 어기지 않는 마마보이에다 자신에게 좋아한다는 감정을 고백한 처음이자 마지막일지도 모르는 사랑을 친구에게 팔아버린 배신자라 해도 지금 이 순간 이 사실만큼은 피하지 못했다. 더 이상 거짓말을 할 수 없다는 사실. 장은수의 눈빛을 보는 순간 민우는 미혜의 눈, 그리고 그녀의 입술을 떠올렸다. 자신을 바라보던 그 마지막 순간을 떠올렸다. 그리고 바이크 위에서 느꼈던 미혜의 따스했던 입술, 자신의 어깨에 머리를 기대고 곤하게 잠들던 모습까지. 그 모든 추억들이 지금까지 닫혀 있던 선빈을 향한, 자신을 짓누르던 모든 것에 대한 잠금장치를 풀어버렸다.

답답한 듯 검사가 재차 물었다.

"증인. 요점만 대답하세요. 총소리를 들었나요. 못 들었나요?"

"들은 게 아니에요."

"무슨 소리죠?"

"봤어요."

"예?"

"봤다구요."

"뭘 말인가요?"

"총소리를요."

"사고 현장인 다세대주택 밖에서요?"

"아니요."

"아니라구요?"

"안에서요."

"안?"

"예. 집 안이요."

"……."

"3층 열린 현관문 그 안에서요."

　꽤 많은 양의 술을 마신 선빈은 제정신을 차리지 못했다. 의식을 잃을 정도까지는 아니지만 철거민 노인에게 머리를 얻어맞은 것 때문에 자존심이 상해 견딜 수 없었을 것이다. 게다가 새로 사귄 여자 친구가 동그란 눈을 말똥말똥 뜨며 바라보고 있으니 더 이상 밀려선 안 된다는 영웅 심리까지 더해졌는지도 모른다.

　그렇지만 그 분풀이의 상대는 노인이었다. 아무리 화가 났다 해도 10대 청소년이 나이든 노인을 상대로 발길질까지 해대는 건 누가 봐도 심한 짓이었다. 하지만 선빈은 그런 말도 안 되는 짓을 저지르고 있었다.

　선빈은 한번 터져버린 화를 쉽게 억누르지 못했다. 계속 발길질을 했지만 그러고도 분이 풀리지 않는지 욕설을 내뱉으며 바닥에 쓰러져 있는 할아버지의 등과 어깨, 허벅지를 사정 봐주지 않고 때렸다.

　미혜가 하지 말라고 외쳤지만 그때마다 선빈은 '아가리 찢어놓기 전에 조용히 하라'고 소리 질렀다. 에이 클럽 멤버들은 어안이 벙벙한 상태에서 그저 지켜보기만 했다. 그들은 선빈이 하는 일에 별다른 토를 달거나 한 적이 없다. 뭘 해보자고 제안하는 선빈의 리더십엔 언제나 든든한 배경이 있었기에 염

려하지 않았던 것이다. 미성년자 신분으로 홍대 클럽에 갈 때도, 어쩌다 바이크 몰다가 교통사고를 일으켜도, 선빈만 곁에 있으면 무사통과였다. 그래서일까. 이런 패륜 상황에서도 에이 클럽 멤버들은 나서지 않았다. 담배를 입에 물고 마치 격투기 시합의 한 장면처럼 바라볼 뿐이었다.

온갖 욕설을 쏟아내며 쓰러진 노인을 마구잡이로 때리던 선빈이 겨우 몇 걸음 물러났다. 민우는 이제 끝났나 보다 생각했지만 착각이었다. 선빈은 현관 입구에 나뒹구는 대걸레를 집어 들었다. 아직도 분이 덜 풀렸는지 씨근덕대는 숨소리가 요란했다. 선빈이 대걸레를 치켜들었다. 할아버지는 겨우 고개를 움직일 뿐 무방비였다.

"씨발, 이걸로 날 때렸지!"

그 순간, 알 수 없는 충동이 민우를 떠밀었다. 나중에 다시 생각해도 왜 그랬는지 도무지 알 수 없는 충동이었다. 민우는 선빈과 쓰러져 있는 할아버지 사이로 끼어들었다.

땀으로 범벅이 된 선빈은 민우를 어이없다는 표정으로 쳐다봤다.

"너 뭐야?"

다른 아이들은 가만있는데, 선빈의 명령이면 죽는 시늉이라도 해야 하는 민우가 앞을 가로막고 선 것이 황당했을 것이다. 당연했다.

"그만둬."

말을 하는 순간, 민우는 자신이 무슨 짓을 저질렀는지 깨달았다. 하지만 이제 와서 물러설 수는 없었다.

"뭐야?"

"그만두라고."

선빈의 표정이 일그러졌다.

"씨발! 너 지금 뭐라고 했냐?"

"……."

"미친 거 아냐? 이 새끼가 약하더니 뵈는 게 없냐?"

"그래서 그런 거 아냐."

"그럼?"

"할아버지잖아."

"하! 이 새끼 봐라."

"힘도 없는 노인한테 이러면 안 되는 거잖아."

"좆만 한 새끼가 어디서 훈계야! 지랄하지 말고 빨리 비켜!"

"이제 그만하고 돌아가자."

"개새끼가……."

"우린 여기 아니더라도 놀 데 많잖아. 그냥 가자."

선빈의 손이 올라갔다. 반사적으로 민우의 눈이 움찔거렸다. 하지만 선빈은 민우의 뺨을 올려붙이지 않았다. 대신 잠시 동안 기막히다는 얼굴로 민우를 보다가 주위를 둘러보았다. 미혜가 있었다. 미혜도 놀란 얼굴로 민우를 보고 있었다. 쓰러진 장은수가 쿨룩거렸다. 그러자 입가에서 핏물이 쏟아졌고, 미혜가 달려가 휴지로 할아버지의 입을 가로막았다.

민우는 긴장한 채 선빈의 움직임을 살폈다. 이 정도로 끝낼 선빈이 아니었다. 선빈이 한 걸음 한 걸음 움직일 때마다 민우의 가슴에 엄청난 두려움이 밀려들었다. 심장이 너무 빨리 뛰어서 터져버릴 것만 같았다. 두려움은 현실이 되었다. 선빈이 멈춘 곳은 오래된 책장, 마지막 서랍이었다. 민우는 그 안에 무엇이 있는지 너무나 잘 알고 있었다. 이곳에 오면 선빈이 습관처럼 손에 쥐고 가지고 놀던 그것. 장난감이라 하기엔 너무나 위험한 그것. 총이었다.

총과 총알을 꺼낸 선빈이 숙였던 몸을 일으켰다. 그러고는 민우가 보는 앞에서 회전식 탄창 안에 총알을 하나씩 집어넣었다.

"예전부터 해보고 싶었어."

"뭘?"

"너희들 콜트에 총알이 모두 몇 개 들어가는 줄 알아?"

선빈이 주위에 앉아 있는 에이 클럽 멤버와 여자아이들에게 물었다. 태민이 약간 긴장된 목소리로 말했다.

"선빈아. 그만하자."

형우도 거들었다.

"그래, 재미없다. 여기 말고 다른 데 가서 놀자. 이게 뭐냐 칙칙하게."

"뭘 그만해. 이 좆만 한 새끼들아!"

"선빈아……."

"하고 안 하고는 내가 결정해. 알아들어!"

"……."

"똑똑히 봐. 하나, 둘, 셋……."

선빈이 구릿빛 총알을 순서대로 탄창 안으로 밀어 넣었다. 하나씩 들어갈 때마다 민우의 공포는 극심해졌다. 두려웠다. 할 수만 있으면 그냥 도망가고 싶었다. 선빈의 얼굴에 담긴 자신만만한 미소를 보면 볼수록 그랬다. 지금뿐만이 아니다. 오래전부터 그랬다. 아주 오래전부터 선빈이 자신을 보며 소리 없는 웃음을 보이기만 하면 민우는 제대로 숨조차 쉴 수 없이 무서워지곤 했다. 지금도 마찬가지였다.

"모두 여섯 개가 들어가."

회전식 총구를 한번 빙그르 돌려 장착시켰다. 콜트 권총을 손에 쥔 선빈이 한 걸음씩 민우를 향해 다가가기 시작했다. 민우의 온몸이 떨려왔다. 모든 땀구멍에서 땀이 쏟아졌다.

마침내 선빈이 민우의 코앞까지 다가왔다. 민우가 선빈의 시선을 피해 미혜를 내려다보았다. 쓰러진 할아버지를 끌어안은 미혜와 눈을 마주했다. 민우의 머릿속은 순식간에 텅 비어버렸다. 아무것도 생각할 수가 없었다. 선빈이 말했다.

"너, 이 개새끼. 나한테 덤볐다 이거지."

"그게 아니잖아."

"아니든 말든 상관없어. 너 같은 새끼가 나한테 개겼을 땐 그만한 마음의 각오는 해야지. 씨발 새끼야."

"그만해. 너와 난 친구야."

"친구? 씨발 놈아. 거지 같은 새끼가 내 친구라고? 지금까지 불쌍해서 거둬주니까 머리끝까지 기어오르려고 그래. 난 년 같은 친구 없어. 알아들어?"

"……."

"나한테 친구는 딱 하나야. 내 말에 토 달지 않고 고분고분 복종하는 개새끼만이 내 프렌드라고. 그렇지 못한 새끼는 필요 없어. 다 죽여버릴 거야."

총을 들이밀었다. 순간 민우를 비롯해 아이들 모두가 긴장했다. 할아버지 장은수가 몸을 일으키려 했지만 이내 다시 쓰러지고 말았다. 방금 전 선빈에게 옆구리를 강타당한 후유증으로 인해 몸을 일으킬 수조차 없었다.

"여섯 개가 들어가는 총구 안에 다섯 개만 집어넣었다. 너도 봤지? 내가 총알 다섯 개만 집어넣은 거."

선빈은 안전장치를 풀어버렸다. 이제 방아쇠를 당기기만

하면 격발이었다. 총알 하나만 비어 있는 콜트 권총이었다. 선빈은 그것을 맹수처럼 노려보며 말을 이었다.

"러시안 룰렛이라고 들어봤냐?"

선빈은 비죽 웃고 있었다.

"여섯 발 중에 한 발은 비어 있어. 그러니까 재수 좋으면 방아쇠를 당겨도 '빵' 하고 터지진 않는단 말이야. 확률로 보면 15퍼센트 조금 넘지?"

"그만해. 선빈아."

"개새끼야! 감히 하늘 같은 나한테 덤볐으면 이 정도 배짱은 보여줘야 나도 아 그렇습니까, 대단하십니다. 물러나지요. 할 거 아니야. 씨발 새끼야. 여자애들 다 보는 앞에서 망신당했는데 내가 이 정도도 안하고 넘어갈 걸로 생각했냐?"

"……."

어느새 총은 민우의 손에 쥐어져 있었다. 총을 쥔 손이 덜덜 떨리고 있었다. 민우 자신도 어떻게 통제해볼 수 없는 떨림이었다. 선빈은 그런 민우를 보며 재미있다는 듯 연신 키득거렸다.

"진짜 총이 아닐 수도 있잖아? 한번 해봐. 대가리에 총 갖다 대고 방아쇠 한번 신나게 당기는 거야. 재밌잖아. 안 그래?"

여기까지가 선빈이 마련한 시나리오의 전부였다. 선빈은 확신하고 있었다. 민우가 총을 내려놓고 자신 앞에 잘못했다고 하며 싹싹 빌든가, 아님 도망치든가. 언제나 민우는 그래왔다. 과거에도 그랬고 지금도 그렇고 앞으로도 영원히 그럴 것이다.

민우는 선빈이 뭘 원하는지 안타까울 정도로 잘 알고 있었다. 이번에도 그래야 하는가. 이번에도? 마음속 분노와는 다르게 민우의 떨리는 몸은 이미 선빈이라는 거대한 파도에 의해 휩쓸려버린 상태였다.

충분히 겁을 줬다고 생각한 선빈이 민우의 손에서 총을 뺏으려는 순간이었다. 그때 누구도 예상치 못한 상황이 벌어졌다. 떨리는 민우의 손에 쥐어진 총을 잡은 건 선빈이 아니었다. 미혜였다.

선빈과 민우, 아이들 모두 놀란 눈으로 미혜를 쳐다보았다.

"너희들…… 지겨워."

미혜 특유의 무표정한 얼굴과 남자다운 말투였다.

"너, 지금 뭐하는 거야?"

"내가 해서 성공하면 너희들 다신 여기 오지 마."

"야……."

"그래도 계속 오면 아예 너희들 머리에 쏠 거야."

아이들은 미혜의 말이 거의 귀에 들려오지 않았다. 오직 미혜가 보인 태도에 놀라 입을 다물 수 없었다.

미혜가 자신의 머리에 총구를 갖다 댔다. 민우가 놀란 눈으로 쳐다보았다. 미혜도 민우를 바라보았다. 민우의 눈에서 눈물이 쏟아졌다. 눈물을 흘리는 민우를 보며 미혜가 미소 지었다. 민우에게 사진을 가르쳐달라고 말할 때, 처음으로 입을 맞춘 후 민우를 바라볼 때 그 수줍고 설레는 미소였다. 미소를 머금은 미혜가 말했다.

"괜찮아."

"미혜야, 안 돼!"

"모두 다 괜찮아질 거야."

"……."

"괜찮아질 거야."

부드럽고 다정한 음성이었다. 미혜의 말은 사실일까. 모두 다 괜찮아질까.

한 발의 총성이 불빛 한 점 없는 동작동 철거예정구역 한복판에 울려 퍼졌다. 총소리를 듣고 달려온 사람은 없었다. 경찰도, 이웃도, 어느 누구도.

마지막 편지

민우가 미혜의 편지를 확인한 건 증언하기 바로 전날 밤이었다. 미혜의 유품인 대명고등학교 사진동아리 동인사진집을 펼치고 민우가 찍은 사진들 다음 장에 이 편지가 단정하게 끼워 넣어져 있었다. 수첩 종이를 찢어 쓴 편지였지만, 한 낱말, 낱말 눌러쓰다 지우고 다시 눌러쓰다 지운 흔적이 수십 번이고 반복된 문장들이 빼곡히 들어차 있었다.

민우는 울었다. 그냥 울었다. 슬픈 것도, 기쁜 것도 아니었다. 그저 가슴이 아팠다. 너무 아팠다.

증언을 마치고 민우가 달려온 곳은 동작동 재건축 예정구역, 이제는 미혜의 흔적조차 찾을 수 없는 다세대주택 3층이었다. 증언을 하고 도망치듯 법원을 나오고, 그래서 이곳까지 숨어들 때까지 민우는 울지 않았다. 하지만 다시 한 번 미혜의 편지를 펼쳐드는 순간 긴장이 풀린 민우는 그 자리에 주저앉아 울기 시작했다. 가슴이 너무 아팠다. 미혜의 마음을 확인하는 것도, 그녀가 사라진 후에야 겨우 진실을 말하게 된 것도, 그 모든 것이 아프게 민우의 가슴을 파고들었다.

이렇게 울고 나면 괜찮아질 수 있을까. 민우는 마지막 남은 서글픈 기대에 모든 것을 걸고, 울고 또 울었다. 그렇게 민우의 긴 하루는 지나갔다.

나의 친구 민우에게

민우. ^^ 너한테 이렇게 편지를 다 쓰네. 요즘 같은 때 무슨 편지냐
고 뭐라 할지 모르겠지만 난 너한테 꼭 한 번 편지 쓰고 싶었어. 민
우. 네가 이 편지를 확인할 수 있을지 몰라도, 그래도 난 지금 편지
를 쓰고 있어. 쓰고 지우고 쓰고 지우고 몇 번을 반복하지만 그래도
너한테 내 마음을 전달하고 싶어.

민우야. 너와 벌써 말을 하지 않고 지낸 지 한 달이나 지났네. 넌 항
상 그랬지. 누군가 너한테 말을 건네지 않으면 친해지려고 하지 않
아. 나한테도 그런 거겠지. 내가 화낼까 봐. 혹시라도 말을 걸면 내
가 차갑게 구는 거 싫어하겠지. 그래서 처음부터 내게 말조차 걸고
싶지 않은 거야. 그렇지?

그런데 민우야. 나 혼자 착각하는 걸까. 난 네가 날 조금은 좋아하고
있다고 생각하는데. 나만 그렇게 생각하는 걸까? 그렇지 않은 것 같
아. 널 조금이지만 알 것 같아. 네가 날 볼 때 수줍게 미소 짓는 모
습, 날 태우고 도로 위를 달릴 때 등 뒤에서 느껴지는 너의 따뜻함.
그리고…… 그리고 말이야. 네가 쓴 글들. 꼭 나한테 하는 말 같았어
착각인지도 모르지. 하지만 상관하지 않을래.

민우야. 이번엔 네가 나한테 먼저 말을 걸어줬으면 좋겠어. 나 사실

너한테 아무렇지도 않게 말했던 것 같아 보이지? 아니야. 한 마디, 한 마디 할 때마다 심장이 터지는 줄 알았어. 그걸 꾹 참고 너한테 아무렇지도 않게, 그냥 편의점 손님 대하듯 말했던 거야.

민우. 네가 조금만 용기를 냈으면 좋겠어. 아주 조금만. 조금만 용기 내서 차가워진 내 마음, 녹여줬으면 좋겠어. 그리고 솔직해졌으면 좋겠어. 네 친구 선빈이를 정말 친구로서 만나고 싶다면 이런 식의 장난은 하지 않았으면 좋겠어. 난 말이야. 민우야. 너하고 장난 같은 거 하고 싶지 않아. 그러기에 나 너무 무섭고 힘들어. 모든 게 겁나. 사실 나 완전 겁쟁이거든. 매일 밤마다 아무도 오지 않고 나와 할아버지만 어둠뿐인 곳에서 지내는 게 너무 무서워. 그리고 외로워. 너무 외로워. 아무도 오지 않는 하루하루가 참을 수가 없어.

민우. 네가 말한 대로 프리피야트. 그곳에 우리가 마음껏 숨 쉬고 살 수 있을 수 있을 때까지 얼마나 더 기다려야 할지 몰라. 하지만 그 기다림이라도 없으면 우린 살아갈 수가 없어. 나만 그런 걸까. 난 민우 너한테서도 그런 마음을 느꼈는데, 그래서 널 좋아한 건데. 나만의 착각이 아니었으면 좋겠는데……

난 너 많이 좋아해. 그래서 기다리는 건 싫어. 아빠도, 엄마도 나한

데 기다려달라는 말 한마디 없이 떠났어. 그러니 기다릴 수밖에 없
잖아. 그런 거 싫어.

그러니까. 이 편지, 순서도, 맞춤법도 엉망인 이 편지 네가 읽게
되면, 그래서 나한테 아무 말이라도 해준다면, 그러면 나…… 너
한테 이렇게 말할 거야. '괜찮다고.' '모두 다 괜찮을 거라고.' 너
하고 나. 괜찮을 거야. 그렇지? 나만의 생각, 나만의 희망 아니지?
아닌 거지?

민우. 네가 이 편지를 읽어줬으면 좋겠다.

그랬으면…… 정말 완전…… 좋겠다.

작은 불빛 아래서…… 미혜가

작가의 말

소년은 꽃을 사랑하게 되었습니다

꽃을 몹시 사랑했습니다

꽃을 몹시 사랑하게 된 소년은

꽃에게 이름을 지어주기로 했습니다

어떤 이름이 좋을까

소년은 가장 아름다운 이름을 지어주고 싶었습니다

어떤 이름이 좋을까

아무리 아름다운 이름도 꽃에게는 부족했습니다

어떤 이름이 좋을까

어떤 이름이 좋을까

그사이 꽃은 만개하고……

해가 지고 구름이 흐르고

별이 뜨고 비가 내렸습니다

그리고 아름다운 꽃의 이름을 생각하던 소년은,

깜짝 놀라고 말았습니다

꽃이 서서히 지고 있었던 것입니다

마지막 꽃잎 사이로 한 줄기 바람이 불어오자

이제 꽃은 사라지고 말았습니다

소년은 꽃이 있었던 자리를 바라보았습니다

꽃의 이름은 아직도 입속에 맴돌고 있었습니다만

이제 꽃은 이름이 필요하지 않았습니다

어쩌면 처음부터 그랬던 걸까요!

소년의 마음속 꽃을,

소년은 바라보았습니다

그러자 꽃을 사랑하는데

이름은 필요하지 않다는 것을

소년은 알 것만 같았습니다

_서아,「꽃과 소년」

위의 시는 『아지트』라는 제목으로 출간되기 전에 미리 원고를 읽고 그 느낌을 적어준 소중한 글입니다. 이 글이 제가 하고 싶은 작가의 말을 적절히 대변해주는 것 같아 이렇게 소개해봅니다.

오늘의 한국 사회를 살아내는 10대에겐 모든 환경이 녹록지 않은 것 같습니다. 이제는 교육환경개선, 자본주의 성장, 문명의 발달이 10대에게 완벽한 자유를 주었다고 말하는 이들을 찾아볼 수 없게 되었습니다. 학교 폭력이 극에 달했으며, 매체의 상업화는 악랄한 진화를 거듭해 급기야 한국 사회 전체를 게임과 도박공화국으로 만들어버렸습니다. 무엇보다 씁쓸하게 다가오는 현실은 앞으로의 한국 사회를 짊어지게 될 10대들만의 사회 속에서 또 다른 계급주의가 출현했다는 사실입니다.

대한민국의 10대 사회를 새롭게 구속하는 건 더 한층 견고해진 계급성입니다. 속되게 말해 꼰대가 되어버린 기성세대는 가진 자와 못 가진 자, 배운 자와 배우지 못한 자, 승리자와 패배자, 집단 속의 나와 집단 밖의 왕따인 나 사이를 갈라놓는 편 가르기를 지속해왔습니다. 6 · 25전쟁 이후부터 21세기를 맞이한 오늘까지 단 한 번도 쉬지 않고 계급 싸움을 계속했던 것입니다. 그리고 지금 수습할 수 없는 지경으로까지 비대해진 계급이란 이름의 괴물이 오늘의 10대에게 고스란히 대물림되었습니다. 가진 자의 편에 서고, 집단에 소속되어 살아남기 위해 필사적으로 매달려야만 합니다. 또한 매달리지 못한 소위 왕따로 명명된 아이들을 패배자 취급합니다. 거기에 물질만능주의까지 덧씌워지니 숨이 막힐 지경입니다.

기성세대는 늘 그래왔듯 잔인해진 10대의 행동을 질타하고 그에 대한 일벌백계의 처벌만이 능사라는 태도로 접근합니다. 그들은 자신들의 눈을 가로막는 커다란 기둥은 보지 않고 폭탄 돌리기의 결과로 나타난 10대의 왜곡된 세태만 꾸짖기에 바쁩니다. 처벌과 질타의 수위를 높이는 건 쉽습니다. 하지만 그런 식의 대중적 접근만으로 오늘의 10대가 끌어안게 된 거대한 모순을 해결할 수 있을까요? 어쩌면 해결할 이유조차 찾지 못하고 내 아들, 내 딸만 계급 사회 피라미드의 최고층에 올려놓기만 하면 될 거란 저질 이상주의에 빠져든 건 아닐까요?

소설 쓰기는 사실상 너무나 무력해 보입니다. 현실도피로 취급될 위험성도 다분합니다. 또 어떤 이들은 말합니다. 굳이 소설까지 사회문제를 제기하지 않아도 사회문제를 지적하고 해답 찾기에 골몰하는 매체와 미디어는 얼마든지 있다고 말합니다. 모두 다 일리 있는 주장입니다.

하지만 저는 여전히 소설 쓰기가 현실 읽기, 같이 아파하기의 미덕을 갖고 있다고 생각합니다. 소설이 말하고자 하는 현실 읽기의 유별남은 결코 사장되지 않을 거란 확신만큼은 부정하지 못하겠습니다. 글 읽기와 글쓰기는 동서고금을 막론하고 언제나 인간에게 가장 강력한 치유의 힘을 제공해주기 때문입니다.

우리들은 글을 읽을 때 존재의 아픔과 기쁨을 이해하게 됩니다. 더 나아가 친구나 가족과 함께 그 아픔과 기쁨을 공감합니다. 그리고 글을 쓸 때 우리의 아픔은 더 이상 아픔으로 기억되지 않을 생명력을 갖게 됩니다. 이러한 글 읽기와 글쓰기를 통한 치유의 과정이 부족하지만 『아지트』라는 작품을 통해 조금이나마 발현했으면 하는 바람이 간절합니다. 이런 일련의 활동으로 인해 조금이라도 우리 사회가 토해내는 비정함을 함께 아파하고, 치유하고, 기뻐하는 10대의 모습을 보게 되는 것이 과거 질풍노도의 10대 시절을 겪어온 상처투성이인 저의 작은 소망이기도 합니다.

부족한 필력 탓에 오늘의 10대, 그 아프고 쓸쓸한 정서를 보다 더 치밀하게 습합하지 못했다는 아쉬움은 언제라도 남아 있을 것 같습니다. 한 권의 책을 내기까지 도움 주신 분들이 너무나 많습니다. 작품의 마무리를 위해 함께 고민해주신 라계영 작가님과 언제나 나눌 것이 많은 소중한 벗 서아에게 작가의 말을 빌려 감사하고자 합니다. 또한 작품을 위해 애써주신 실천문학 편집부 여러분께 머리 숙여 감사드립니다.

아지트

2012년 3월 27일 1판 1쇄 찍음
2012년 3월 30일 1판 1쇄 펴냄

지은이   주원규
펴낸이   손택수
주간   이명원
편집   이상현, 이호석, 박준
디자인   풍영옥
관리 · 영업   김태일, 이용희, 김가영

펴낸곳   (주)실천문학
등록   10-1221호(1995.10.26.)
주소   우121-839, 서울시 마포구 서교동 478-3 동궁빌딩 501호
전화   322-2161~5
팩스   322-2166
홈페이지   www.silcheon.com

ISBN 978-89-392-0673-1 03810